CE QUE J'AIME CHEZ MOI

JENNA GUILLAUME

CE QUE J'AIME CHEZ MOI

Traduit de l'anglais (Australie)
par Lucie Marcusse

POCKET JEUNESSE
PKJ·

Titre original :
What I Like About Me

Collection « Territoires » dirigée
par Pauline Mardoc

Avertissement :
Ce roman traite de thèmes sensibles qui peuvent faire ressurgir
des traumatismes sur les sujets suivants :
grossophobie, intolérance, violences psychiques.

Loi n° 49 956 du 16 juillet 1949 sur les publications
destinées à la jeunesse : janvier 2022

ISBN : 978-2-266-31034-5
Dépôt légal : janvier 2022

À ma grand-mère, qui m'a appris à aimer les histoires.
À ma mère, qui m'a incitée à en écrire.
Et à Chris, qui n'a cessé de m'en demander.

Vendredi 15 décembre

Les trois découvertes du jour

1. *Mme Singh est une garce : elle n'a rien trouvé de mieux que de nous coller des devoirs pour nos toutes dernières vacances d'été du lycée !*

Source : ce journal, dans lequel je suis censée consigner mes « découvertes » de la journée, complétées de sources et de notes explicatives, comme si je n'avais que ça à faire ! La prof d'anglais considère que notre travail « ne doit pas s'arrêter aux livres du programme ». Comme si forcer des adolescents à tenir un « journal de découvertes » allait nous inculquer d'immenses leçons de vies, du genre *Carpe diem* blablabla..., alors que la seule chose qui nous intéresse réellement, c'est de découvrir le corps des autres...

2. *Grandir, c'est nul, surtout quand il faut se coltiner ce genre de conneries.*

Source : quand j'ai pesté contre ce devoir auprès de ma mère, elle a levé les yeux au ciel et rétorqué que grandir, c'était aussi assumer ses responsabilités. « Pense à ton père qui doit travailler comme un fou tout l'été pendant que tu te prélasses à la plage ! »

Je trouve ça particulièrement énervant, et ce pour plusieurs raisons : d'abord, parce que mes parents n'ont pas arrêté de se disputer à ce sujet, ma mère étant loin de se réjouir que mon père travaille pendant les vacances de Noël[1] ; ensuite, parce que je ne peux pas vider mon sac sans que cette dernière en profite pour pointer du doigt ma « tendance à baisser les bras dès qu'une difficulté s'annonce » ; enfin, ce n'est pas parce que je vais écrire sur ce truc chaque jour *de l'été* que ça va me rendre plus responsable ! Comme si ça pouvait changer ma vie… Comme si, une fois adulte et vivant seule, j'allais terminer toutes mes journées devant un verre de vin et un carnet Moleskine pour écrire : « Cher journal, aujourd'hui j'ai découvert que le diplôme universitaire qui m'a coûté quatre ans de vie et dix-sept mille dollars ne sert absolument à rien et qu'il ne m'apportera jamais de travail. Il ne me reste plus qu'à devenir caissière. » Ouais, super…

3. *Les berlingots atteignent leur texture idéale au bout de onze mois.*

Source : un paquet à moitié vide trouvé dans la poche avant de ma valise. Les bonbons, qui ont fondu tout en conservant une délicieuse saveur mentholée, ne cassent plus les dents !!!

---

1. L'Australie étant située dans l'hémisphère Sud, les vacances de Noël sont aussi les vacances d'été. *(Toutes les notes sont de la traductrice.)*

*

Je ne vais pas pouvoir rendre ce journal à la prof. Vous imaginez un peu ?

« Au fait, Maisie, j'ai adoré le passage où vous me traitez de garce. Vous faites preuve d'un grand discernement ! Finis les devoirs jusqu'à la fin de l'année. C'était tellement bien que je vous promets des *vingt* partout » ne dira jamais Mme Singh.

« Maisie Martin, vous êtes collée tous les après-midi jusqu'à la fin de l'année et votre mère va entendre parler de moi » dira-t-elle plutôt.

Franchement, alors que tous les adultes ne cessent de nous rabâcher qu'il faut profiter de notre jeunesse, que ce sont les meilleures années de notre vie, et patati et patata, nous aident-ils vraiment à le faire ? Non ! C'est plutôt : « Maisie, fais tes devoirs ! » ; « Maisie, cette année est décisive pour ton avenir ! » ; « Maisie, tu es sûre de vouloir manger ça ? » ; « Maisie, je ne peux pas venir à Cobbers Bay cet été, tu devras passer trois semaines sans allié contre ta mère que tu déçois en permanence, avec ta sœur qui se croit tellement meilleure que toi et sa nouvelle petite amie, sans doute encore plus parfaite qu'elle. Et puis la vie c'est de la merde, et à la fin on meurt ».

Certes, j'ai inventé la dernière partie, mon père m'a juste annoncé qu'il ne viendrait pas avec nous, mais il aurait pu tout aussi bien ajouter le reste. C'est la première fois en quatorze ans qu'il rompt la tradition familiale, tout ça parce que le journal pour lequel il travaille lance une nouvelle « stratégie de repositionnement digital » pour la nouvelle année. Il n'a donc pas droit à son mois de vacances habituel. C'est vraiment nul à chier, si vous voulez mon avis (sauf que personne ne me le demande jamais).

Le bon côté des choses c'est que, pour contrebalancer l'absence de mon père, ma mère a autorisé Anna, mon extraordinaire et sublime meilleure amie – la meilleure du monde – à venir me « tenir compagnie » (autrement dit : me faire taire). Anna, également abandonnée par sa mère pour les vacances (cette dernière étant partie à l'étranger avec son compagnon), traverse un chagrin d'amour depuis une semaine, elle a aussi besoin de se changer les idées.

Pour faire court, Anna est en colère contre sa mère, elle ne parle plus à son père et elle a découvert par *texto* que son (désormais ex) petit ami, Dan l'enfoiré, la trompe. Heureusement que moi, son excellentissime meilleure amie, suis en mesure de lui offrir des vacances tous frais payés dans le luxueux complexe hôtelier d'une station balnéaire de rêve. (Bon, il n'est pas vraiment question d'hôtel de luxe, mais plutôt d'un bungalow à deux chambres dans un camping kitsch.) Bref, une situation où tout le monde ressort gagnant.

Voilà pourquoi je n'ai absolument pas l'intention de rédiger ce foutu journal tous les jours ! Si je m'y soumets en ce moment même, c'est uniquement parce que 1) ma mère m'a dit qu'elle voulait vérifier ce que j'avais fait avant d'aller au lit et 2) c'est toujours mieux que de préparer ma valise – il n'y a rien de pire que de devoir faire sa valise.

Argh ! Je ferais mieux de m'y mettre.

Au revoir, journal des découvertes. Ce serait mentir que de chanter tes louanges pour le peu de temps que tu auras duré. Et je ne mens jamais. Du moins, pas à des objets inanimés.

Samedi 16 décembre

La découverte du jour

Ma mère est un démon de l'enfer déterminé à détruire ma vie.

Source : elle me force à écrire ce maudit journal chaque jour et dit vouloir le contrôler tous les matins *alors qu'on est en vacances* ! Voilà ce qui arrive quand ta mère est prof. Elle se range toujours du côté des siens. Bien sûr, elle a promis de ne pas lire ce que j'écris, juste de vérifier que j'ai bien rédigé *quelque chose*, comme si ça faisait d'elle une sainte. Je ne suis pas dupe : j'ai bel et bien affaire à une créature démoniaque. Je vais devoir obtempérer. Pour autant, je ne compte pas écrire quoi que ce soit de valable. Ha ! ha ! Je vais montrer à ma mère *et* à Mme Singh de quel bois je me chauffe !

*

Bonjour, journal des découvertes, enchantée de faire à nouveau ta connaissance. Eh ouais. Je n'imaginais pas que ça se reproduirait. Je pensais que c'était plié. Terminé. *Finito.* Seulement, ma mère a d'autres idées en tête et j'ai déjà épuisé mon quota de déceptions à lui infliger le jour où j'ai arrêté la danse. Me voilà donc condamnée à accepter toutes ses demandes jusqu'à mes quatre-vingt-quatre ans ou jusqu'à sa mort – en gros, ce qui se produira en premier (je mise davantage sur la première possibilité ; comme je l'ai déjà mentionné, ma mère est un démon de l'enfer sans doute promu à la vie éternelle).

Elle exige que j'écrive tous les jours dans ce cahier, mais elle n'a pas précisé ce que je devais rédiger. Alors, j'ai décidé de ne le remplir que d'absurdités totales. Me voici à l'œuvre :

Bla-bla-bla-bla-bla-bla-bla-bla-bla-bla-bla-bla di bla-bla-bla-bla-bla lalala lalala lalalala mon poignet commence à fatiguer, pour être honnête bla-bla blabla bla-bla.

Ma mère me regarde. Elle pense que je suis en train de faire mes devoirs. Ha ! ha ! Hahahahahaha !

Et le public en délire m'applaudit ! Clap-clap-clap-clap.

Dis, te souviens-tu de cette comptine ?

« *Ainsi font, font, font les petites marionnettes. Ainsi font, font, font trois p'tits tours et puis s'en vont…* »

Question : Où vont les marionnettes ?

Anna, elle, n'est pas une marionnette. Son type, c'est plutôt la « fille canon ». Tu sais, ces meufs qui débordent de sex-appeal et d'assurance, devant qui, comme dans les dessins animés, les garçons ont les yeux qui sortent de leurs orbites, la langue pendante. Ces filles tellement *naturelles,* avec leur visage d'ange et leur corps de rêve. Ne me demande pas pourquoi Anna est mon amie. Je suis tout le contraire de la « fille canon », même si j'ai été enfantée par une maman qui appartient à cette espèce, et qui avait déjà avant moi mis au monde une fille dotée elle aussi de ce label. Et puis, je suis arrivée. Comme dans *Jumeaux,* ce vieux film que j'ai vu une bonne centaine de fois avec mon père, dans lequel Arnold Schwarzenegger a reçu tous les bons gènes, tandis que Danny DeVito joue le frère raté. Eh bien, Eva est Arnold Schwarzenegger et moi, la sœur ratée.

Bref. Bla-bla-bla-bla-bla-bla-bla-bla-bla-bla-bla-bla-bla-bla-bla-bla-bla-bla-bla-bla-bla-bla-bla-bla-bla-bla-bla-bla-bla-bla-bla-bla-bla-bla-bla-bla-bla-bla-bla-bla-bla-bla-bla-bla-bla-bla-bla-bla-bla-bla-bla-bla-bla-bla-bla-bla-bla-bla-bla-bla-bla-bla-bla-bla-bla-bla-bla-bla-bla-bla-bla-bla-bla-bla-bla-bla-bla-bla.

Ça devrait faire l'affaire.

Dimanche 17 décembre

Les deux découvertes du jour

1. *Je ne suis pas aussi douée que je le pensais.*

Source : tous les « bla-bla » d'hier n'ont pas échappé à ma mère. Elle a donc menacé de lire la totalité de ce journal si je ne prenais pas la tâche au sérieux. « Sans confiance, pas de respect de la vie privée, Maisie. Et ne lève pas les yeux au ciel ! » En résumé, je dois faire une croix sur le remplissage et faire mine de m'y atteler correctement. Le fond peut être absurde, mais pas la forme. Tu vois, je suis déjà en train de faire des progrès.

2. *T'as déjà vu un de ces films sur des ados qui passent LE MEILLEUR ÉTÉ DE LEUR VIE ? Sache que le mien n'y ressemblera pas du tout.*

Source : tout ce qui s'est produit depuis hier.

*

Nous revoici, cher journal des découvertes ! Tu permets que je t'appelle juste « cher journal », puisque, a priori, nous sommes destinés à devenir bons amis, toi et moi ? Tu peux m'appeler Maisie. Certains m'appellent Maise, qui se prononce « mai-ï-ce », parce que je suis un peu comme un champ de maïs, un véritable labyrinthe qu'il faut explorer pour trouver le trésor caché en moi. Bon, d'accord, ce n'est pas vrai. C'est juste le diminutif de Maisie. Maman m'appelle Missy-May, Dieu seul sait pourquoi, et mon père me surnomme Eminem parce qu'il trouve ça hilarant. (Il ne faut pas le lui dire, mais parfois il est drôle.) Tu sais quoi ? Appelle-moi comme bon te semble, puisque tu n'es qu'un cahier vierge et que tu ne peux pas t'exprimer.

Bien sûr, je pourrais te remplir de mots pour que tu puisses dire quelque chose.

Mais quels mots choisir ?! Comme susmentionné (très bon terme à glisser dans une dissertation, histoire de donner l'impression que l'on sait de quoi on parle), hier, ma mère s'est aperçue de ma ruse. Aujourd'hui, je dois procéder différemment. Profitons-en donc pour nous pencher sur la rubrique susmentionnée – elle aussi – de « *tout ce qui s'est produit depuis hier* ». Au moins, ça prendra de la place.

Pour commencer, la journée d'hier était plutôt ennuyeuse. Nous l'avons passée en grande partie dans la voiture : maman, Anna et moi. (Eva nous rejoindra avec sa nouvelle petite amie dans quelques jours, en prenant l'avion depuis Melbourne où elle étudie la danse… comme si elle n'en avait pas déjà assez fait dans sa vie.) Bref, nous avons passé des heures et des heures dans la voiture ; ma mère enchaînait les tentatives de discussion à propos du lycée, de notre avenir et, pire que tout, des garçons. Anna a fini par mettre ses écouteurs et faire semblant de dormir. Quant à moi, je n'ai cessé de fusiller ma mère du regard jusqu'à ce qu'elle arrête de parler et me lance à son tour des coups d'œil assassins.

Toutes les deux, nous excellons au jeu du regard exterminateur. En voici une ébauche de traduction :

Moi : *Maman, arrête de t'adresser à moi comme si on était amies.*

Maman : *J'essaie juste de vous mettre à l'aise.*

Moi : *Eh bien, ça ne marche absolument pas !!!*

Maman : *Un peu de respect, Maisie. Si tu continues à te comporter de la sorte envers moi, je vais t'enfermer à la maison tout l'été.*

Moi : *Je t'en prie, fais-le. Ce sera génial, je pourrai regarder Netflix toute la journée.*

Maman : *Je viens de m'en rendre compte, alors je change de punition : je te force à rester collée à moi tout l'été, sans jamais te perdre de vue. On pourra même aller se faire épiler le maillot ensemble !*

Moi : *Tu n'oserais pas ?!*

Maman : *Oh que si !*

Moi : …

Maman : …

Moi : *(Détourne le regard, vaincue.)*

Maman : *(Sourit, d'un air suffisant et victorieux.)*

Anna : *(Ronfle, parce qu'elle dort vraiment.)*

Et c'est ainsi que s'est déroulé le trajet de huit heures. Papa m'a envoyé quelques messages en chemin pour dire que nous lui manquions déjà et qu'il aurait aimé être là. Ce qui n'a eu d'autre effet sur ma mère que le marmonnement d'un juron.

Une fois arrivées à Cobbers Bay, on est passées un peu trop vite de l'ennui à l'effervescence. Ou plutôt, à l'humiliation absolue. Anna, l'allure adorablement négligée après ce long voyage (contrairement à moi, qui ressemblais davantage à un truc qui se serait retrouvé coincé tout le trajet sous la roue de la voiture), s'est précipitée dans le bungalow avec sa valise. J'ai aidé ma mère à vider la voiture, sortant le fatras qu'elle a voulu prendre à tout prix (sa devise étant « paré à toutes les éventualités »). Vu le nombre de bouteilles d'eau emportées, on dirait qu'elle se prépare à la fin du monde ! Une fois ma mère occupée à tout ranger à sa juste place dans le bungalow, je suis sortie pour récupérer ma valise. Entre-temps, Anna avait déjà déposé son barda sur le lit du dessus dans la petite chambre que nous partageons et s'était installée à la table de la véranda, le regard perdu en direction de l'océan. J'ai fait une blague sur la démesure de ma mère, mais Anna n'a même pas esquissé un sourire. Lui remonter le moral semblait impossible.

Quand j'ai aperçu la boîte de tampons à côté de ma valise dans le coffre de la voiture, j'ai eu une idée. À ce moment-là, ça me paraissait une idée de génie, mais c'était probablement la pire de toute ma vie. C'est dire.

(Je n'arrive pas à croire que je vais devoir écrire ça.)

Dissimulée derrière la porte du coffre, hors de la vue d'Anna, j'ai ouvert la boîte et pris deux tampons

(Oh, mon Dieu, si seulement je pouvais remonter le temps !)

J'ai enfoncé un tampon dans ma narine.

(Pourquoi, pourquoi, mais pourquoi j'ai fait ça ?!)

J'ai enfoncé l'autre tampon dans mon autre narine.

(Si seulement un éclair m'avait tuée sur le coup.)

J'ai gloussé sauvagement.

(Tout est allé si vite.)

J'ai contourné la voiture en courant et foncé droit sur Anna.

(Pourtant, la scène semblait tourner au ralenti.)

— Hé, Annaaaaaaa ! ai-je crié pour attirer son attention.

(Je me meurs, je me meurs.)

J'ai soufflé très fort par le nez ; un des tampons a volé.

(Je suis morte.)

Puis je me suis immobilisée, un tampon encore dans le nez et l'autre qui rebondissait sur le bras de… Sebastian Lee, en personne !

(Ci-gît Maisie Martin, morte de honte à l'âge de seize ans.)

J'ai besoin de reprendre mes esprits.

*

C'est bon, je suis de retour. Mon corps entier tremble, mais je suis là. Autant aller jusqu'au bout.

Où en étais-je ? Ah oui, le moment le plus humiliant de ma vie. Le « tampaxident », avec, dans les rôles principaux, Sebastian Lee et ma dépouille froide.

Il se trouve que Sebastian Lee est le mec le plus beau de l'univers. Il a de sublimes cheveux bruns qui donnent envie de les caresser, mais aussi une mâchoire incroyable qui donne envie de l'effleurer, sans oublier des épaules spectaculaires qui donnent envie de les toucher... Enfin, tu vois le tableau.

Et puis, Sebastian Lee, je le connais depuis toujours. Nos mères ont fait leurs études ensemble et sont devenues meilleures amies. Seulement, elles ne se voient pas souvent, la famille Lee ayant déménagé dans l'État du Queensland quand j'avais deux ans, tandis que nous sommes restés en Nouvelle-Galles du Sud. Ma mère et Laura se sont promis de passer toutes les vacances d'été ensemble, et c'est ainsi que chaque famille s'est retrouvée propriétaire d'un bungalow à Cobbers Bay. D'où le fait que, été après été, Sebastian et moi ayons nagé tout nus ensemble, fait du bodyboard, construit des châteaux de sable et joué à *Star Wars* (lui, c'était Han Solo et moi, Chewbacca). Permets-moi de préciser qu'à partir de quatre ans, on ne s'est plus retrouvés nus ensemble. (Pfffiou !) Quoi que nous fassions, nous nous amusions toujours comme des fous ; Sebastian transformait tout en jeu.

Enfin, pas tout. Ne va pas croire qu'il soit superficiel. Il sait aussi être sérieux. Même quand nous étions enfants, il savait écouter. Je me souviens de cette fois où, à dix ans, j'étais triste parce que Greer Kirkpatrick avait offert une carte de Noël à tous les élèves de la classe sauf moi. Sebastian m'avait permis de pleurer, sans jamais se moquer. Au contraire, les sourcils froncés, il répétait que s'il croisait un jour cette Greer Kirkpatrick, il lui ferait mordre la poussière. Le lendemain, j'avais trouvé sous mon oreiller une carte de Noël faite à la main, recouverte de paillettes roses et signée d'un « Père Noël secret ». Je savais que c'était lui.

Voilà ce qui caractérise aussi Sebastian Lee : il est sensible et attentionné, beaucoup plus que ce qu'on pourrait imaginer. Même moi, je n'en avais pas totalement pris conscience, jusqu'au jour où j'ai découvert sa poésie. Évidemment, il n'est pas au courant de ce petit détail. C'est arrivé quelques années plus tôt, alors que je cherchais de l'insecticide dans le bungalow des Lee. Tout le monde était dehors et, par le plus grand des *hasards*, la porte de la chambre de Sebastian était ouverte, son carnet posé sur son lit. Il se trouve que j'ai *juste* jeté un coup d'œil. J'y ai alors vu son âme. Et elle a touché la mienne.

Ce qui m'amène à évoquer un dernier élément le concernant : je suis amoureuse de Sebastian depuis que j'ai treize ans. Probablement depuis plus longtemps, même. C'est la poésie qui m'a fait craquer. J'avais l'impression de porter en moi cette belle facette intime de lui. Comme si j'étais devenue plus proche de lui qu'avant. Paradoxalement, c'est à partir de ce moment que nous nous sommes éloignés. Sebastian était sans cesse fourré avec son ami Beamer qui accompagnait désormais toujours la famille Lee en vacances. Quand nous étions ensemble, je me sentais vraiment mal à l'aise. Il n'avait pas l'air de le remarquer. Du moins, il ne disait rien. D'ailleurs, il ne me disait plus grand-chose. Mais ça ne venait pas seulement de lui. Comme je l'ai déjà dit, j'étais bizarre. Je *suis* quelqu'un de bizarre. Du style incapable de formuler une phrase cohérente, préférant communiquer par de petits cris.

Comme celui que j'ai poussé hier, en voyant le tampon jaillir hors de mon nez et atterrir sur son beau bras.

Sebastian avait rejoint notre bungalow pendant que j'enfonçais les tampons dans mes narines. Il s'approchait d'Anna pile au moment où je contournais la voiture en courant et en hurlant comme un lémurien complètement ivre. Il m'a dévisagée, les yeux écarquillés, quand le tampon a heurté son bras. Dix secondes, c'est le peu de temps qu'il aura fallu pour détruire ma vie.

Anna, elle aussi, me regardait fixement, les yeux ronds et la bouche grande ouverte. C'est elle qui a parlé en premier.

— Qu'est-ce que tu fais, Maisie ?

J'ai ouvert la bouche, mais je n'ai pu produire qu'un long couinement.

Et puis… ET PUIS…

Sebastian a tendu la main vers le sol et ramassé le tampon qui pendouillait au bout de sa ficelle.

— Je crois que tu as fait tomber quelque chose, Maisie.

Sur ce… il a explosé de rire, imité par Anna qui a ensuite posé sa main sur son beau bras.

Comme ça. Comme si c'était elle qui le connaissait depuis toujours, alors que ça faisait à peine dix secondes qu'ils s'étaient rencontrés.

J'ai tenté d'émettre un rire, moi aussi, mais je n'ai produit qu'un couinement de plus qui, semble-t-il, a rappelé à Sebastian la raison de sa venue.

— Mon père voudrait savoir si vous mangez avec nous ce soir ? Il prépare le barbecue.

— Seb ! Comment vas-tu, mon chéri ?

Soudain, ma mère est apparue, séchant ses mains dans un torchon avant d'embrasser Sebastian sur la joue.

— Très bonne idée. Dis à ton père qu'on sera là dans… Maisie ! Qu'est-ce que tu fabriques ? Sors ce truc de ton nez !

Ah oui. J'avais encore un tampon dans la narine. Je l'ai brusquement arraché. Sebastian a secoué la tête et lâché un rire étouffé.

— Super. À tout à l'heure.

Je l'ai regardé s'éloigner avec la certitude que si j'avais pu mourir à cet instant, je n'aurais pas été en colère, simplement reconnaissante.

Je me suis ensuite tournée vers ma mère et Anna qui secouaient toutes les deux la tête.

Autant te dire que les vacances ont *super bien* commencé.

*

Nous étions en retard pour le barbecue car Anna ne parvenait pas à choisir sa tenue. Moi, j'avais troqué le legging et le tee-shirt portés pendant le trajet… pour un legging et un tee-shirt propres, tandis qu'Anna en était à son quatrième essayage.

— Ça te va très bien, ai-je lancé alors qu'elle levait les yeux au ciel en retirant le petit haut qu'elle avait mis avec un short en jean.

— Pfff, je me sens tellement grosse ! a-t-elle gémi en appuyant sur son ventre plat.

— Allez, ce n'est qu'un simple barbecue en famille. Peu importe ce que tu portes, ai-je ajouté, en faisant abstraction du pincement que je ressens chaque fois qu'Anna se plaint de cette façon. Elle s'est contentée de m'observer, comme si j'étais une extraterrestre. Poussant un soupir, je me suis penchée pour extraire une robe jaune de la pile de vêtements qu'elle avait jetés à terre.

— Enfile ça. Cette robe te va toujours bien.

Quel soulagement de l'entendre déclarer que ça « ferait l'affaire ». S'il y a une chose que ma mère déteste (en réalité, il y en a plusieurs, mais c'est juste une expression, vois-tu), c'est le retard. Lassée d'attendre, elle était partie sans nous, après s'être habillée et s'être refait une beauté en moins de vingt minutes. Ma mère est championne dans l'art de se changer rapidement.

Et sa descente n'est pas mal non plus. Elle en était déjà à son deuxième verre de vin quand nous sommes arrivées. Je l'ai su parce qu'elle s'est exclamée : « Vous en avez mis du temps, les filles, j'en suis déjà à mon deuxième verre de vin ! »

J'ai salué les parents de Sebastian ainsi que ses frères, Kane et Lincoln (des jumeaux, très mignons autrefois, mais désormais âgés de onze ans et insupportables, si bien que je les fuis). J'ai délibérément évité de croiser le regard de Sebastian. Ce qui n'a pas si bien marché que d'habitude puisqu'il s'est dirigé droit sur nous pour causer.

— Ça va ? Tu es Anna, c'est ça ? On ne s'est pas vraiment présentés tout à l'heure.

Elle a ri. Quant à moi, je suis de nouveau morte en silence, frappée par l'image du tampon rebondissant sur le beau bras de Sebastian.

— C'est vrai, a répondu Anna. Je rencontre enfin l'illustre Sebastian Lee.

— Illustre ?

— Si tu savais ! Maisie n'arrête pas de parler de toi. Ça fait des années que j'attends ce moment. Aïe ! Pourquoi tu me pinces, Maisie ?

Sebastian affichait une expression qui s'apparentait à du « saisissement ». Au cours du dernier semestre, Mme Singh a passé une bonne vingtaine de minutes à nous apprendre que ce mot, généralement mal interprété, signifie qu'on est *étonné* ou *surpris*. Elle avait ajouté que le déclin de notre langue lui donnait envie de s'asseoir par terre et de pleurer. Alors que j'étais moi aussi à deux doigts de m'asseoir par terre et de me mettre à pleurer devant Anna et Sebastian, j'ai senti un bras lourd se poser sur mes épaules. C'était Beamer. La barbe !

— Maisie Martin, en chair et en os, qu'est-ce que le tampax vite !

— Quoi ?

Soudain, ça a fait tilt.

L'incident du tampon. Sebastian lui avait tout raconté. La journée ne pouvait pas être plus désastreuse.

Sauf que je n'étais pas au bout de mes peines, évidemment.

Tout le problème avec Beamer, c'est qu'il adore m'énerver. L'année dernière, à la plage, il m'a attaquée avec un pistolet à eau alors que je ne voulais surtout pas me mouiller. Deux étés plus tôt, il n'arrêtait de retourner ses paupières, comme le font les garçons au primaire, parce qu'il savait que ça me dégoûtait. Pendant nos toutes premières vacances ensemble, il profitait de n'importe quelle occasion pour faire claquer les bretelles de mon maillot de bain. Bref, il est exaspérant et dégoûtant ; c'est le mec le plus chiant du monde, en somme.

Bien sûr, il ne m'a pas quittée d'une semelle de toute la soirée. J'imagine que c'est sa nouvelle stratégie ; il a dû piger que sa seule présence suffit à me faire bouillir de rage. Quand j'ai tiré une chaise pour qu'Anna s'installe à côté de moi à table, il s'est jeté sur l'occasion. « Merci, Maisie Martin, ce n'était pas nécessaire ! » a-t-il lancé en se laissant lourdement tomber dessus. Puis il a fait mine de ne pas saisir le message quand j'ai rétorqué : « Ce n'était pas pour toi. » Sebastian s'est alors dévoué pour apporter deux chaises de plus afin que nous puissions former un cercle à quatre.

Le moment aurait pu être agréable, seulement Beamer n'arrêtait pas de parler, lancé dans un monologue d'une bonne dizaine de minutes sur la virtuosité du dernier *Fast and Furious* (un film que j'aime bien, mais je ne voulais pas qu'il le sache). Je ne vais pas me plaindre, au moins j'en ai profité pour observer Sebastian de près, sans que ce soit bizarre. Pendant que Beamer jacassait, nous avons mangé, levé les yeux au ciel (surtout moi), ri occasionnellement (surtout Sebastian) et je n'ai cessé de lui jeter des regards discrets.

J'ai remarqué que Sebastian a sensiblement grandi depuis l'été dernier. Ses épaules sont plus larges et ses cheveux un peu plus longs. Curieusement, il est encore plus beau. Comme toujours, il affiche un demi-sourire nonchalant (son expression par défaut). Tu sais, il y a des filles qui, par défaut, ont des tronches de pestes. Sebastian, lui, a une tronche de rêveur.

Je l'ai observé, tandis qu'il terminait méticuleusement son assiette, morceau par morceau, réservant les brochettes au saté de son père pour la fin (son plat préféré depuis que nous sommes petits). Il y a longtemps, je lui avais demandé pourquoi il mangeait toujours ce qu'il préférait à la fin, au lieu de tout gober en premier comme moi. Il m'avait souri. « Pour conserver cette dernière saveur dans la bouche. Ça vaut la peine d'attendre, Maise. »

Pas faux. Peut-être que c'est aussi ce qu'il fait avec moi. Sebastian est de ceux qui aiment mériter leur récompense. Moi aussi, j'en veux une, tant qu'il s'agit de lui. Après toutes ces années, peut-être que...

— Qu'est-ce que cache ton petit sourire, Maisie Martin ?

La voix de Beamer a interrompu le fil de mes pensées.

Levant la tête, j'ai sursauté en découvrant que tout le monde me scrutait, dans l'attente de ma réponse.

Feignant un sourire, je me suis tournée vers Beamer et j'ai dit :

— J'imaginais différentes façons de te faire souffrir avec cette fourchette.

Il a failli s'étouffer avec sa boisson au gingembre mais les éclats de rire l'ont bientôt emporté sur sa toux.

— Petite perverse !

Mon visage est devenu brûlant. J'ai regardé en direction de Sebastian qui pouffait de rire en secouant la tête. Quand il a remarqué que je l'observais, il a levé les yeux au ciel comme pour dire « Celui-là, alors ! » et je lui ai souri en retour. Le temps d'une seconde, j'ai eu l'impression que tout s'évaporait autour de nous et que nous étions seuls.

Puis Beamer a poursuivi :

— Comme je disais, The Rock…

— Tu ne t'arrêtes donc jamais ? s'est exclamée Anna.

Elle souriait, mais je savais que Beamer l'énervait déjà. Ce n'est pas ma meilleure amie pour rien.

Sebastian s'est mis à rire.

— Non, il parle sans arrêt. Même dans son sommeil. Je n'ai presque aucun moment de répit quand on est ici.

— Mais tu m'adores, a riposté Beamer.

— Pourquoi t'es là, d'ailleurs ? a demandé Anna. Comme moi, ta famille t'a abandonné pour les vacances ?

Par réflexe, j'ai retenu mon souffle et jeté un coup d'œil à Beamer. Anna avait vu un peu trop juste. Ce dernier ne parlait jamais trop de sa vie, mais d'après ce que j'en savais, elle ressemblait à ça : père absent, mère toxicomane, grand-père décédé quand il avait neuf ans, grande sœur à l'étranger, le laissant seul avec sa grand-mère. Et la famille Lee.

« Ça permet à sa grand-mère de souffler un peu, la pauvre », avais-je entendu Laura dire à ma mère quand les Lee l'avaient emmené pour la première fois à Cobbers Bay.

Beamer a balayé la question d'Anna par un « Quelque chose comme ça » avant de se remettre à parler de voitures qui explosent.

J'ai entendu Sebastian demander à Anna : « Alors, comme ça, on t'a abandonnée pour les vacances ? » Elle s'est penchée vers lui afin, je présume, de lui raconter l'obsession de sa mère pour son nouveau compagnon et expliquer qu'elle n'avait pas vu son père depuis son enfance. Peut-être a-t-elle même abordé le sujet de Dan l'enfoiré. Je n'en sais rien, car tout ce que j'entendais, c'étaient les opinions ridicules de Beamer sur The Rock (soi-disant le meilleur héros de films d'action de tous les temps, ce qui est *ridicule*. Mais, plus ridicule encore, j'ai mordu à l'hameçon, me lançant dans un débat de vingt minutes pour prouver qu'il n'y a pas meilleur qu'Arnold Schwarzenegger. Je me demande qui est le vrai crétin de cette histoire).

À ce stade, ma mère, qui en était déjà à sa deuxième *bouteille* de vin, s'est mise à danser en soulevant sa jupe sur les côtés, ce qui arrive uniquement quand elle est ivre, le tout sous les encouragements des parents de Sebastian et même de Beamer (beurk).

— Allez, madame Martin ! a lancé ce dernier en ajoutant, à mon intention : ta mère, c'est un peu une MILF quand même.

La coupe était pleine. Tandis qu'Anna était encore en grande conversation avec Sebastian, qui l'écoutait très attentivement, l'adorable ride entre ses sourcils ayant fait son apparition, je me suis brusquement levée pour aller m'asseoir à côté du père de Sebastian.

J'aime bien Jimmy. Il est potable, pour un parent. Il fait toujours des blagues nulles de papa, mais c'est aussi un grand romantique. Arrivé de Malaisie dans les années 1990 pour poursuivre ses études en Australie, il a ensuite épousé Laura. Un jour, lors d'un barbecue semblable à celui-ci, alors que ma mère était (sans surprise) en train de danser avec Laura, j'étais silencieusement assise entre Jimmy et mon père. Ils avaient un peu bu, je crois, et oublié ma présence. Tandis qu'ils regardaient leurs femmes danser, Jimmy affichait une expression difficile à décrire. Un peu comme dans ces scènes de comédies romantiques où la fille regarde un paysage splendide et dit quelque chose comme : « Je n'ai jamais rien vu d'aussi beau » et que le gars répond : « Moi non plus », sauf qu'il ne regarde pas du tout la vue, mais la fille. Là, c'était pareil. Sans quitter Laura des yeux, Jimmy avait dit à mon père : « Tu sais, mon vieux, je suis tombé amoureux d'elle à la seconde même où je l'ai vue » et mon père avait rétorqué : « Je sais, mon pote. » J'avais eu mal au cœur parce que *jamais* je n'avais vu mon père regarder ma mère de cette façon.

Papa n'est pas comme Jimmy. Je ne crois pas qu'il ait une once de romantisme en lui. Il n'aime pas exprimer ses sentiments ni faire de grandes déclarations. Mais son amour existe. Je le sais.

Enfin…

Oui, j'en suis sûre.

Parfois, je me demande pourtant si ma mère s'en rend compte. Si elle le sent. Mon père semble l'irriter au plus haut point. Surtout dernièrement.

Je pensais à ça, assise à côté de Jimmy, l'écoutant à moitié me dire combien il était dommage que mon père n'ait pas pu venir cette année.

— Au moins, il travaille, contrairement à la moitié de ses collègues qui ont été licenciés, pas vrai ?

— Oui, ai-je acquiescé.

J'avais envie de lui demander autre chose.

— Hé, Jimmy ?

— Hé, Maisie !

J'ai hésité un instant, mais je n'ai pas pu m'empêcher de dire ce qui me tracassait.

— Tu crois que mes parents sont heureux ensemble ?

Visiblement surpris, il a jeté un coup d'œil à ma mère qui avait réquisitionné Laura pour danser. Elles riaient toutes les deux à gorge déployée.

— Oui, je pense, Maisie, a-t-il répondu avant de se tourner vers moi. Pourquoi cette question ? Tout va bien à la maison ?

— Oui. C'était une question bizarre, c'est tout. Laisse tomber.

Il a souri et m'a ébouriffé les cheveux comme il l'a toujours fait. D'habitude, ça m'exaspère ; pas cette fois. Au contraire, ça m'a donné envie de parler davantage. J'avais envie de dire que tout ne va pas bien à la maison ; que, ces derniers temps, quand mes parents ne se disputent pas, ils ne se parlent presque plus ; que j'essaie de ne pas y prêter attention, de ne pas y penser, mais qu'au fond, ça me fait très peur.

Seulement, Beamer est passé en courant devant nous, Kane et Lincoln à ses trousses, tous en train de crier et de rire. Ce n'était plus le moment. Les jumeaux ont rattrapé Beamer et l'ont plaqué au sol en hurlant de joie. Jimmy s'est levé pour jouer avec eux et j'ai accepté à contrecœur de me joindre à leur partie de cache-cache.

Pendant ce temps, Anna et Sebastian continuaient à discuter. J'ai l'impression qu'elle a davantage parlé avec lui en une soirée qu'avec moi, depuis qu'on se connaît.

Tandis que j'étais tapie dans l'ombre pour me cacher de Beamer, j'ai repensé à ce fantasme qui me trotte dans la tête depuis longtemps : j'aimerais que Sebastian me regarde comme Jimmy regardait Laura ce fameux jour, comme si j'étais la fille la plus belle qu'il ait jamais vue. Pourtant, je sentais qu'il me filait entre les doigts.

Plus tard, lorsque j'ai demandé à Anna de quoi ils avaient parlé tout ce temps, elle s'est contentée de dire : « Oh, tu sais, rien de spécial. » Puis elle a ajouté : « Tu m'avais dit qu'il était canon, mais pas *à ce point* ! »

J'ai ri alors qu'en en réalité, j'avais envie de pleurer.

*

Bon sang, c'est d'une morosité tout ça, n'est-ce pas ? Il faut que je me ressaisisse. Parce que tu veux savoir qui n'est plus du tout morose ? Anna ! Ma meilleure amie, pourtant au fond du trou depuis des semaines. Les vacances portent leurs fruits !

Seulement… je pense que c'est lié à Sebastian. Au fond, j'aurais égoïstement préféré que ce ne soit pas le cas.

Certainement au vu de ce qui s'est passé aujourd'hui.

Ce matin, c'était au tour d'Anna de se plaindre du temps que je mettais à me préparer. Pourtant, je ne cherchais pas spécialement à me faire belle. Juste à être un peu moins moche que d'habitude.

Voilà que je redeviens morose. Comprends-moi, cher journal, je n'ai qu'un seul maillot de bain à ma taille. Un maillot noir une pièce qui me donne l'impression que mes seins tombent. Je le déteste. Alors, j'ai enfilé par-dessus un vieux short de bain appartenant à mon père et un grand tee-shirt large. À côté d'Anna et de son petit bikini (label *fille canon*), j'ai vraiment l'impression d'être le yéti (comme me surnomment d'ailleurs certains garçons du lycée). J'en suis venue à me demander pourquoi je l'avais invitée. Oui, je suis une amie horrible.

Quoi qu'il en soit, on ne peut pas dire que je sois plus jolie sans elle. En règle générale, j'évite la plage, ce qui n'est pas chose facile, vu la destination des vacances. Or, ma famille a abandonné l'idée de me forcer à sortir du bungalow. Je pense que mon père en est secrètement ravi puisque, la moitié du temps, cela lui donne une excuse pour regarder des films avec moi. Ce qui énerve d'autant plus ma mère. D'ailleurs, quand je lui ai dit, un peu plus tôt, que nous allions à la plage, elle était tellement contente que ça m'a donné envie de retourner au lit. Mais le bonheur d'Anna passe en priorité. *Tu vois ?* Je ne suis pas si horrible que ça.

Une fois à la plage, nous avons passé les dix premières minutes à chercher un emplacement répondant aux critères d'Anna. Quand j'ai reconnu les serviettes de Sebastian et de Beamer sur le sable, elle a décrété que c'était l'emplacement idéal. Comme toujours dès que la présence de Sebastian se profile à l'horizon, j'ai éprouvé de drôles de sensations. J'étais à la fois euphorique et si stressée que j'avais envie de vomir.

Nous avons étendu nos serviettes sur le sable et nous nous sommes assises face à la mer. Anna a commencé à étaler de la crème solaire sur ses jambes. Je lui ai fait remarquer qu'elle aurait dû le faire pendant qu'elle m'attendait, puisqu'il vaut mieux l'appliquer vingt minutes avant de prendre le soleil. Elle a levé les yeux au ciel et m'a priée de me détendre, ce qui, à ce stade, était impossible, car Sebastian se dirigeait droit sur nous. Dégoulinant d'eau, resplendissant sous le soleil. Il s'est mis à courir d'un pas léger sur la plage, sourire aux lèvres, muscles saillants ; tellement sexy qu'une bonne sœur en aurait oublié son vœu de chasteté. Pendant la durée de cette scène, j'ai cru entendre une chanson à l'eau de rose qui me donnait terriblement envie de l'embrasser…

Soudain le disque se raye.

Moi : Beamer ! JE SUIS TOUTE MOUILLÉE !

Beamer : Du calme, Maisie. En général, on commence par un rendez-vous au restau.

Anna : Seb, tu veux bien me mettre de la crème dans le dos ?

Beamer : Du calme, Anna. En général, on commence par un rendez-vous au restau.

Sebastian : Beamer !

Anna : Seb ?

Beamer : Maisie !

Moi : Beamer !

Pendant que j'étais occupée à échanger des insultes avec Beamer, Sebastian a étalé de la crème sur le dos d'Anna, puis ils sont partis se baigner. Beamer m'a demandé si je voulais y aller aussi. Je me suis alors contentée d'enfiler mes écouteurs, dans l'espoir qu'il saisisse le message et me laisse tranquille. Mais j'avais oublié à qui j'avais affaire. Beamer m'a pris le téléphone des mains, arrachant, du même geste, les écouteurs de mes oreilles pour les glisser dans les siennes.

— Qu'est-ce que tu écoutes ?

Une chanson aussi ténébreuse que mon cœur.

— Pas étonnant que tu sois aussi déprimée si tu écoutes de la soupe émo.

Je suis déprimée parce que tu refuses de me laisser tranquille.

— Ça, c'est mieux !

Beamer a déconnecté mes écouteurs. La musique braillait du haut-parleur. Contre toute attente, c'était une chanson de Taylor Swift.

— Ça alors, je n'aurais jamais imaginé que tu sois fan d'elle.

— Tu n'es pas au bout de tes surprises, Maisie Martin, a-t-il rétorqué.

Puis il s'est mis à danser. Là, sur la plage. Surprendre les gens, c'était peut-être son domaine, mais clairement pas la danse.

— Qu'est-ce que tu fabriques ?

J'ai regardé autour de nous. Par chance, personne ne nous prêtait attention. C'était tout de même gênant.

— Beamer, arrête !

Il dansait en faisant des cercles autour de moi et en secouant les bras avec les coudes pliés. Mon Dieu ! Ce n'était pas n'importe quelle danse : c'était la *danse des canards*.

— Allez, Maisie ! Je sais que tu veux danser !

Il a saisi mes mains, les balançant d'avant en arrière.

— Je ne danse pas ! ai-je pesté en me dégageant.

Il s'est immobilisé, s'apprêtant à dire quelque chose quand, soudain, une drôle de fille s'est avancée vers nous en dansant. Ce n'est pas une blague : elle dansait vers Beamer en chantant par-dessus la chanson. Plutôt douée, avec le sens du rythme, elle. Beamer l'a dévisagée pendant quelques secondes avant de se remettre à remuer. Il était toujours aussi nul, mais cela ne semblait pas déranger la fille. Tandis qu'ils se faisaient face, elle a commencé à imiter ses vilains gestes. Ils riaient de bon cœur, ce qui m'a presque donné envie de rire à mon tour. J'ai bien dit « presque ».

Puis la chanson s'est terminée et ma « soupe émo » a de nouveau retenti. Je me suis levée pour arracher mon téléphone des mains de Beamer et arrêter la musique.

— La fête venait tout juste de commencer ! s'est exclamée la fille.

— Vous vous connaissez ?

— Non, a dit Beamer en levant la tête vers elle. Je m'appelle Beamer, enchanté.

— Je suis Leila, a-t-elle répondu en affichant un magnifique sourire.

— Elle, c'est Maisie Martin.

— Je sais encore parler, merci.

— Bien envoyé, ma belle ! a rétorqué Leila en s'asseyant près de moi sur la serviette d'Anna.

Beamer a rapproché ses affaires et celles de Sebastian, puis il a étendu sa serviette à côté de nous.

Leila nous souriait.

— Qu'est-ce que vous faites de beau dans la vie ?

Je la fixais du regard.

Beamer a ricané.

— Rien de spécial, a-t-il riposté.

— Beamer vit avec sa grand-mère, ai-je dit, avant de le regretter immédiatement, me sentant coupable, sans trop savoir pourquoi, d'une forme de trahison.

— Maisie est danseuse, a lâché Beamer.

Je lui ai lancé un regard noir, mais il est resté impassible.

Leila a éclaté de rire.

— Et moi qui pensais que c'était toi le danseur.

Ce qui m'a fait glousser. Elle s'est alors tournée vers moi.

— Pourquoi tu ne dansais pas avec lui ? Moi, j'étais allongée là-bas, vaquant à mes occupations, quand soudain j'ai vu ce type se ridiculiser. Je me suis dit qu'il avait besoin de soutien. Je n'aurais pas dû vous interrompre, désolée. C'est juste que vous paraissiez sympas.

— Ne t'en fais pas, ce n'est pas grave, ai-je dit en même temps que Beamer lançait :

— C'est vrai, on est sympas !

— Alors, pourquoi tu ne dansais pas ? a insisté Leila.

— D'abord, parce qu'on est à la plage.

— Et ?

— Et... parce que je ne danse plus.

— Comment ça ?

Bon sang, elle ne s'arrêtait donc jamais. J'avais envie d'assassiner Beamer. Je lui ai jeté un regard implorant, dans l'espoir qu'il me sorte de cette situation dont il était responsable. Il s'est contenté de hausser les sourcils, tel un innocent, et d'ajouter :

— C'est vrai ça, comment ça se fait ? Je croyais que tu adorais ça !

J'ai poussé un soupir. Parce qu'il disait vrai. J'adorais danser. Au passé. Difficile d'échapper à la danse dans mon enfance. Ma mère nous avait inscrites à un cours, ma sœur et moi, alors que nous savions à peine marcher. Jazz, classique, claquettes… on a tout fait. Ma mère avait toujours rêvé d'être danseuse, mais ses parents n'avaient pas suffisamment d'argent, ni d'intérêt en la matière pour lui payer des cours. Selon moi, elle a voulu avoir des enfants pour faire tout le contraire… et devenir une vraie *Dance Mom*[1].

Ça a marché avec Eva, parfait petit rat qui assistait allègrement aux cours tous les jours de la semaine et qui consacrait ses week-ends à l'entraînement, aux compétitions et à toujours plus d'entraînements. Avec moi, échec total. Au lieu d'une Eva 2.0, ma mère s'est retrouvée avec une petite fille loin d'être parfaite, jamais à la hauteur, quoi qu'elle fasse. Pourtant, j'ai vraiment tout essayé. Jusqu'au jour où ce n'était plus amusant. Jusqu'au jour où j'ai arrêté de me forcer. C'est alors que j'ai complètement cessé la danse. Au départ, ma mère a insisté pour que je continue – « Pense à ta santé ! À ta confiance en toi ! » – mais elle a rapidement baissé les bras, comprenant que j'étais une cause perdue. Au moins, elle pouvait désormais consacrer *tout* son temps et *toute* son énergie à Eva, dont le

1. « Dance Moms » est une émission de téléréalité américaine qui met en scène de jeunes danseuses soutenues par leurs mères.

talent était *tellement* prometteur, sans même avoir à se soucier de moi. Elles auraient vraiment dû me remercier.

Leila et Beamer me dévisageaient avec impatience.

— J'ai arrêté, c'est tout, ai-je dit, avant de me tourner vers Leila. Et toi, c'est quoi ton histoire ?

Elle a esquissé un sourire.

— J'ai vécu ici toute ma vie. Mes parents ont un gîte pas très loin. J'aide ma mère le matin et le reste de la journée, je suis libre. La plupart du temps, je travaille à mes créations, mais aujourd'hui, j'avais besoin d'inspiration. Je veux devenir styliste. Je crée mes propres vêtements. Ça, c'est moi qui l'ai fait ! Ça vous plaît ?

Par-dessus son maillot de bain, elle portait une large tunique fluide au motif bleu, violet et vert, ornée de pompons sur les bords. On aurait dit un paon aux prises avec le panier à tricot de ma grand-mère. C'était chargé, mais ça lui allait bien.

— Trop cool ! ai-je déclaré, sincèrement impressionnée.

Même Beamer a émis une sorte de murmure approbateur.

Leila a souri de plus belle et continué à parler avec volubilité, nous racontant sa vie d'une traite. En voici les grandes lignes : ses parents ont quitté le Liban avant sa naissance ; elle a deux grands frères qui ne servent à rien ; elle fête ses dix-huit ans dans quatre mois ; elle a un faible pour un mec de son lycée qui s'appelle Alex ; quand elle ne travaille pas dans sa chambre sur ses créations, elle lit des romans d'amour ou traîne avec ses amis (pas ce jour-là, car ils ont presque tous des boulots d'été en ville, dans la vente ou l'hôtellerie, ce qui explique qu'elle ait pu « nous adopter ») ; elle s'est cassé le bras une fois quand elle avait sept ans ; elle a très peur de prendre l'avion mais adore conduire. Je pourrais encore continuer (comme elle l'a fait), mais ça irait à l'encontre du concept des « grandes lignes ».

Pour être honnête, une fois sa présentation terminée, j'ai su que je l'aimais déjà. Je crois que Beamer aussi. Elle parlait fort, elle était avenante et rayonnante comme un soleil.

Tandis que nous discutions, une ombre s'est posée sur nous. J'ai levé les yeux. Sebastian et Anna. Avec tout ça, je les avais presque oubliés.

— Tu es sur ma serviette, a dit Anna à Leila qui a alors bondi sur ses pieds.

— Excuse-moi. Promis, je ne l'ai pas mouillée, a-t-elle répondu en riant.

Elle ponctuait souvent ses phrases d'un rire.

Anna ne riait pas. Elle a observé Leila de haut en bas pendant qu'on faisait les présentations.

— Ça te plaît ? C'est moi qui l'ai fait, a renchéri Leila, ayant remarqué qu'Anna regardait fixement sa tenue.

— Tu devrais lui demander de t'en faire un, Maisie, a rétorqué Anna. Ça remplacera ce vieux short usé.

Pendant quelques secondes, tout le monde s'est tu.

Puis Beamer s'est exclamé :

— Moi aussi j'en veux un ! Je suis sûr que ça irait bien avec *mon* vieux short usé.

Leila a ri.

— J'adorerais vous confectionner quelque chose. Venez chez moi un de ces jours, je prendrai vos mensurations.

— Non, ai-je dit. Enfin, merci, mais ça ira.

— Je suis sérieuse ! C'est ma passion. Vous me rendriez service.

— Tu ne veux pas rendre service à ta copine, Maisie ? a lancé Anna.

Elle s'était allongée sur sa serviette avec Sebastian étalé juste à côté d'elle.

— On échange nos numéros ? a fait Leila.

Je lui ai tendu mon téléphone et Beamer m'a imitée. Quelques instants plus tard, elle est repartie, non sans avoir insisté pour que nous nous revoyions et nous avoir ajoutés sur différents réseaux sociaux.

Nous nous sommes ensuite rendus en ville pour déjeuner avant de regagner la plage. J'avais proposé de retourner plutôt au bungalow pour regarder un film, mais Beamer était le seul à être partant. Autant dire que je n'avais absolument pas envie d'être coincée avec lui tout l'après-midi.

De ce fait, je suis restée assise sur la plage, tandis que les autres alternaient entre se rafraîchir dans l'eau et cuire au soleil. Alors qu'ils repartaient *encore* dans l'eau, Sebastian m'a demandé : « Tu viens, Maise ? », ce à quoi j'ai répondu : « Nan. »

Un progrès notable, comparé aux couinements habituels.

Dommage qu'il demeure beaucoup trop insignifiant par rapport à ceux que faisaient Anna. Cette dernière ne semblait éprouver aucune difficulté à discuter avec « Seb », comme elle s'était mise à l'appeler.

Elle riait fort et avec beaucoup d'entrain à toutes ses blagues, allant même jusqu'à demander que Sebastian lui apprenne à faire du surf. Il s'est alors joyeusement exécuté.

Sauf que... Sebastian ne sait pas faire du surf. Quand nous étions plus jeunes, il avait essayé de s'y mettre. Cela dit, à la suite d'une tentative spectaculairement maladroite qui l'avait conduit tout droit à l'hôpital pour une légère commotion cérébrale, il avait choisi de s'en tenir au bodysurf, au grand soulagement de sa mère.

Seulement aujourd'hui, ô miracle, il semblait avoir tout oublié de ce petit traumatisme. Pourtant 1) il ne sait pas faire de surf et 2) il ne possède même pas une planche.

Quand Beamer a lancé : « Mec, qu'est-ce que tu connais en surf ? », Sebastian l'a fusillé du regard en rétorquant : « Je m'y connais suffisamment. »

Et voilà qu'il s'est éloigné avec Anna, sur le sable mouillé. Apparemment, pour cette première leçon, une planche n'était pas nécessaire. Ni même d'aller dans l'eau. Il suffisait, pour Anna, de s'allonger sur le sable et, pour Sebastian, de montrer (avec ses mains, bien sûr) les zones de son corps à mettre en mouvement. Et pour bien lui faire comprendre comment passer de la position allongée à accroupie et puis debout, Sebastian a évidemment dû se placer juste derrière elle pour la guider. Ça les a beaucoup fait rire, bien sûr.

Je suis à peu près certaine que si Anna essayait de faire du surf après cette initiation, elle finirait elle aussi à l'hôpital avec une commotion.

Sur ma serviette, coincée avec Beamer, je me consumais en silence. Et pas à cause du soleil.

*

Je m'en veux de m'être montrée malveillante, tout à l'heure. Tandis que je lui faisais des tresses, Anna m'a dit :

— Tu sais, Maise, maintenant je comprends mieux pourquoi Seb t'obsède. Il est génial.

— C'est vrai ! ai-je rétorqué.

Mais en moi-même j'ai pensé : « Oh putain ! »

Puis elle a ajouté :

— T'es un peu bizarre avec lui. Très silencieuse. Il faut que tu passes à la vitesse supérieure. Bien sûr, tu le connais depuis que tu es petite, mais maintenant, tu dois lui montrer qui tu es devenue, tu comprends ? Qu'il voie combien tu es spéciale. Alors, il tombera forcément amoureux de toi.

Tu vois ? Je devrais cesser d'être aussi égoïste. En bonne coéquipière de drague, Anna a juré de m'aider, de me faire participer à ses conversations avec Sebastian et, j'espère, de calmer mes couinements intempestifs.

— Si ça ne va pas, contente-toi de lui poser des questions. Les garçons adorent ça.

— Mais... Je sais déjà tout sur Sebastian. Qu'est-ce que je pourrais lui demander ?

— Tu ne peux pas *tout* savoir. Ça vaut le coup d'essayer, non ?

— Pourquoi pas...

— Et Maise, il faut vraiment qu'on fasse quelque chose pour ta tenue de plage. Aujourd'hui, t'étais vraiment pas sexy.

J'ai poussé un grognement.

— Ça n'existe pas les tenues sexy pour moi.

— Tu te fiches de moi ? Regarde tes seins, ils sont énormes ! Il faut les mettre en valeur. Je suis tellement jalouse.

— Ouais, mais c'est dommage que le reste de mon corps soit tout aussi gros.

— Arrête ça. Tu n'es pas grosse. Tu es sublime.

Même si je savais que les paroles d'Anna étaient loin de la vérité, ça m'a fait du bien de voir qu'elle m'aimait suffisamment pour me vouloir réconforter. En revanche, hors de question que je montre mes seins ou quoi que ce soit d'autre sur la plage.

— Je n'ai rien à me mettre.

— Et si on allait faire les magasins demain matin ? À midi, j'ai aperçu un tas de boutiques de surf en ville. On trouvera forcément quelque chose.

— Je ne sais pas...

Si l'enfer était composé de sept couches, faire les magasins pour trouver un maillot de bain constituerait la toute dernière. Autrement dit, l'horreur absolue.

Anna me regardait avec des yeux pleins d'espoir, suppliants...

— Moi qui croyais que, cet été, c'était à moi de m'occuper de toi, ai-je dit. Pas le contraire.

— Te faire du bien, ça me fait du bien, a répondu Anna.

Puis nous nous sommes serrées dans les bras et je me suis sentie vraiment reconnaissante de l'avoir comme amie. C'est ainsi, en somme, que je me suis retrouvée à accepter de faire du shopping et d'enchaîner avec une nouvelle journée à la plage en compagnie de Sebastian Lee.

Te voilà au courant d'à peu près tout ce qui s'est passé depuis hier, cher journal. J'ai dû veiller tard pour tout écrire. En tout cas, tu parais *beaucoup* moins vide qu'avant.

Ma mère n'en sera que plus impressionnée !

Lundi 18 décembre

Les trois découvertes du jour

1. *Je reconnais que rédiger tout ça me fait du bien.*
Source : hier, le fait d'avoir livré tout ce que j'avais sur le cœur m'a libérée d'un poids. Cela dit, pas un mot à ma mère ou à Mme Singh, d'accord ?

2. *Pour ne pas être déçu, mieux vaut revoir ses attentes à la baisse.*
Sources : Dirty Dancing et la vie, en général.

3. *L'expression « suer comme un porc » est fausse, car les cochons, qui possèdent quatre fois moins de glandes sudoripares que les humains, transpirent très peu.*
Source : un article trouvé après avoir tapé « suer comme un porc » dans Google pendant que j'étais étendue sur la plage à… suer comme tel.

*

Oh, quelle journée, cher journal ! Elle avait déjà mal commencé et s'est encore plus mal terminée.

Commençons par le moins horrible, veux-tu ? Pas d'inquiétude, ça va s'aggraver au fur à mesure.

L'achat d'un maillot de bain.

Malheureusement, la vraie vie ne ressemble pas aux films. Donc pas de séance d'essayage durant laquelle Anna et moi aurions passé un super moment, à danser et faire des grimaces sur la chanson « Girls Just Want to Have Fun ». Pas de vendeuse pédante remise à sa place, ni de moment de triomphe après avoir déniché le bikini parfait. Encore moins la découverte d'un jean qui s'adapterait à la fois à ma morphologie et à celle d'Anna pour ensuite nous embarquer dans les aventures dont nous avions toujours secrètement rêvé.

Voilà plutôt le résumé de ce qui s'est passé :

Anna : Je suis à la recherche d'un sublime maillot de bain pour mon amie tout aussi sublime.

Vendeuse : Quelle est votre taille ?

Moi : *(Bredouillement incohérent.)*

Vendeuse : Nous avons deux articles disponibles dans cette taille.

Anna : C'est tout ?

Moi : *(Mortifiée.)*

Anna : Viens, Maisie, on va dans l'autre boutique.

Fin de la scène. La répéter quatre fois de suite avec de légères variations telles que :

Vendeuse : Désolée, nous ne faisons pas cette taille.

Ou :

Vendeuse : Vous pourriez combiner ce haut et ce bas. Ça irait très bien ensemble ! (Montrant des vêtements pourtant pas du tout assortis.)

Enfin, nous sommes arrivées devant une boutique qui proposait de très beaux maillots *et* qui disposait d'une vendeuse de mon gabarit. J'ai presque repris espoir. *Presque*. Jusqu'à découvrir le prix sur les étiquettes. Rien que les hauts coûtaient cent cinquante dollars et les maillots une pièce plus de deux cents dollars.

— Allez, sortons de là, ai-je marmonné en passant la porte.

— Pourquoi ? Ils ont vraiment des jolies choses ! s'est exclamée Anna en m'emboîtant le pas.

— T'as vu les prix ?! Je t'avais dit que ce serait mission impossible.

Anna se mordillait les lèvres.

— Je crois qu'il y a une boutique que nous n'avons pas encore…

— Anna, je t'aime, mais là… ça suffit.

— Non ! Peut-être que le maillot de tes rêves t'attend là-bas. Tu ne le sauras pas tant qu'on n'aura pas au moins jeté un coup d'œil.

Elle m'a pris la main et m'a carrément tirée jusqu'à la dernière boutique. Au bout d'à peine quelques secondes à l'intérieur, je me suis figée sur place, le regard braqué sur deux immenses posters derrière le comptoir.

Anna a regardé en direction de ce qui m'hypnotisait.

— Bon sang, mais c'est ta sœur ?

Eh oui ! C'était Eva, sur scène, vêtue d'un bikini à paillettes bleues et de talons hauts, très hauts, son corps bronzé et tonique effectuant la pause parfaite. Avec les mots « Ça pourrait être toi » gribouillés sur son ventre plat. Et puis encore Eva, cette fois dans une robe de soirée rose sans bretelles, un grand sourire aux lèvres, les larmes aux yeux et une tiare sur la tête, avec les mots « Inscris-toi dès maintenant ! » sur sa poitrine généreuse (grâce aux blancs de poulet placés dans son soutien-gorge).

J'ai fait demi-tour pour sortir en trombe du magasin, puis continué à marcher dans la rue.

— Maisie ! Attends ! Qu'est-ce qui te prend ? hurlait Anna à mes trousses.

— C'est ce ridicule concours de beauté organisé tous les ans, *Miss Teen Summer Queen*, ai-je rétorqué en prenant une voix de publicité américaine. Eva l'a gagné à seize ans. Elle est leur tête d'affiche maintenant.

Anna s'est tue. Elle est au courant que je ne m'entends pas avec ma sœur, mais elle ne sait pas vraiment pourquoi. J'ai toujours eu trop honte de lui en parler. (À qui que ce soit, d'ailleurs.)

— On s'en fiche, d'Eva ! Retournons dans la boutique pour voir les maillots. On ne sait jamais…

— Je sais très bien. C'est mort.

— Qu'est-ce que tu es têtue.

Je lui ai tiré la langue et elle m'a imitée.

— Allons plutôt à la plage.

— D'accord, mais… qu'est-ce que tu vas mettre ?

J'ai fait semblant de pleurnicher, mais ç'aurait presque pu être vrai.

— Tu veux bien me montrer tes maillots ? a poursuivi Anna avec douceur. Ils ne doivent pas être si moches que ça. En tout cas, forcément mieux que le short de l'autre jour.

De retour au bungalow, j'ai enfilé mon maillot de bain. Anna a affiché une expression qui voulait dire « Comment dire ça le plus gentiment possible » et laissé échapper un « Euuuh… ».

— Te fatigue pas, ai-je sifflé, on y va.

J'ai enfilé un jean et un tee-shirt noir par-dessus mon maillot et je ne les ai pas retirés de la journée.

Pas même quand je transpirais comme un porc sur la plage, alors que les autres étaient dans l'eau.

Pas même quand Sebastian m'a demandé pour la seconde fois : « Tu viens, Maise ? », que j'ai répondu : « Nan » et qu'il a insisté : « Allez, tu dois crever de chaud. » J'ai alors répété « Nan » tout en essayant d'essuyer discrètement la sueur qui perlait au-dessus de mes lèvres.

Et pas même pas quand Beamer s'est mis à faire des allers-retours du rivage à ma serviette pour se *secouer au-dessus de moi comme un foutu chien,* en criant : « Allez, Maisie Martin, l'eau est super bonne ! »

À ce stade, mon cher journal, tu dois être curieux de savoir si la stratégie d'Anna (celle de m'inclure dans ses conversations avec Sebastian) a mieux marché que le projet d'achat d'un bikini plus sexy. J'espère que tu n'as rien contre les *spoilers* (personnellement, j'ai un avis mitigé sur la question : parfois c'est du plaisir en plus, mais ça peut aussi être prodigieusement énervant), car en voici un gros : NON, ÇA N'A PAS MARCHÉ.

Pourtant, elle lui posait beaucoup de questions et tentait de me faire participer, mais je n'arrivais pas à aller au-delà de réponses monosyllabiques telles que

« nan », « ouais », « ah », « euh » et « mmh ». Au bout d'un moment, Beamer m'a demandé à voix basse :

— T'es sur LinkedIn, Maisie ? J'aimerais recommander tes compétences conversationnelles.

— Il y a vraiment des gens de notre âge qui traînent sur LinkedIn ? Tu te prends pour un banquier de quarante ans, ou quoi ? ai-je riposté.

— Attention à ne pas te fracturer la langue. Ça fait beaucoup de mots d'un coup.

Pour toute réponse, j'ai tiré ladite langue et Beamer a esquissé un grand sourire.

Dévorée par l'envie de lui prouver le contraire, je me suis tournée vers Sebastian.

— Dis-moi, Seb… Sebastian, ai-je réussi à dire.

Avant que mon esprit ne se vide. *Réfléchis à quelque chose, Maisie. Réfléchis !* Sebastian m'observait, interloqué.

— Euuuh…

J'ai entendu Beamer rire dans mon dos.

— Tout se passe bien au lycée ? ai-je couiné au bout d'un moment.

Sebastian a fait la grimace.

— Pfff, j'ai tout sauf envie de parler du lycée.

— Oh…

J'ai lancé un regard à Anna qui m'a adressé un petit sourire.

Sebastian a poussé un soupir.

— J'en ai tellement marre. Ma mère ne me lâche pas les baskets. Elle n'arrête pas de dire : « Je sais qu'un cerveau se cache dans cette tête, Sebastian. Pourquoi tu ne l'utilises pas ?! »

— On dirait la mienne, a commenté Anna.

— Ah ouais ? a-t-il ajouté en penchant la tête vers elle, un sourire aux lèvres. Je partage ta souffrance.

— Ta mère n'est pas si dure que ça, Seb, a renchéri Beamer.

Sebastian a alors ricané.

— Tu rêves. À cause d'elle, je n'ai même pas le droit d'aller à Penang avec mon père et les jumeaux en février. Soi-disant parce que je ne peux pas rater un seul jour de cours avec les notes que j'ai.

Tous les ans, la famille de Sebastian fait un voyage en Malaisie. Très proche de ses cousins malgré la distance, je sais combien il aime y aller. Alors que je rassemblais tout mon courage pour rebondir sur ça, Beamer est intervenu.

— T'en fais pas, Sebby. Je te l'ai dit, je peux t'aider à réviser. Je te remettrai au niveau en un rien de temps.

J'ai ricané à l'idée que Beamer se charge de l'instruction de Sebastian.

— L'an dernier, j'ai dû prendre des cours particuliers, a déclaré Anna. Surtout en maths. C'était hooooorrible.

— T'as vu ! a renchéri Sebastian. Est-ce que tout ça va vraiment nous servir, après le lycée ?

— Bonne question, a ajouté Anna.

Ils ont échangé un sourire.

— Maisie est très forte en maths, hein ? a-t-elle poursuivi en me fixant du regard. Et en anglais. Elle est tellement intelligente.

J'ai ri nerveusement, puis j'ai dit à Sebastian :

— Je suis sûre que tu es fort en anglais.

Il a froncé le nez.

— Non, je suis encore plus nul dans cette matière. Shakespeare et toute cette fichue poésie, c'est d'un ennui. Enfin, ne le prends pas mal si tu aimes ça. Moi, ça me gonfle.

— Mais…

J'allais protester, pensant immédiatement à ses poèmes, or je me suis dit qu'il voulait sans doute que personne ne soit au courant, si bien que je me suis ravisée.

— Mais quoi ?

— Euh… rien.

— Ah d'accord, a-t-il répondu en affichant de nouveau sa stupéfaction.

Une fois de plus, je pratiquais l'art de la conversation à la perfection.

— Vous avez vu de bons films récemment ? a demandé Anna.

Signe que la situation était critique.

— On a vu le dernier *Star Wars* la semaine dernière, a dit Sebastian. C'était génial. Surtout les cinq dernières minutes…

Il n'avait pas terminé sa phrase que Beamer se mettait à rire.

— Quoi ? T'as pleuré ? a pouffé Anna.

— Comme un bébé, a précisé Beamer.

— Toi aussi, je te signale, a renchéri Sebastian.

— Je parlais de moi.

— Ne vous en faites pas, Maisie aussi, a ajouté Anna, en me souriant pour m'encourager.

Je me suis sentie tellement reconnaissante. Enfin un domaine que je maîtrisais, sans oublier la longue histoire qui me liait à Sebastian. C'était parfait ; il ne me restait plus qu'à glisser une remarque amusante qui résumerait tout cela. Tandis que j'organisais encore mes pensées, Anna a repris la parole, emplissant le silence que j'entretenais.

— Franchement, je ne vous comprends pas. J'ai trouvé ce film barbant. Qui peut bien s'intéresser à...

Beamer l'a aussitôt interrompue :

— Blasphème !

— Foutaises ! s'est exclamé Sebastian.

— Arghhh..., ai-je gazouillé.

Bon sang, c'était de pire en pire.

— Tu as déjà vu les films d'origine ? a demandé Sebastian à Anna.

— Non ! Maisie a voulu me les montrer mais je l'ai suppliée de me libérer à la moitié du premier. Pas vrai, Maise ?

— Ouais, ai-je réussi à articuler.

Puis Sebastian s'est tourné vers moi.

— Maise, tu te souviens qu'on n'arrêtait pas de les regarder ?

J'ai dû me rappeler de respirer.

— C'est vrai, nos mères nous plantaient devant *Star Wars* tous les soirs pour nous forcer à rester tranquilles. Sauf que ça ne suffisait pas, a-t-il ajouté en souriant.

— Laisse-moi deviner : tu faisais Han Solo, a dit Beamer a Sebastian avant de se tourner vers moi : et toi, la princesse Leia.

— Non, j'étais Chewbacca, ai-je répondu avec le plus d'impassibilité possible.

Tout le monde a ri, y compris Anna.

— Pourquoi tu jouais à la grosse créature poilue alors que tu aurais pu être une princesse ? a-t-elle demandé.

— Chewie, c'est le meilleur ! a rétorqué Sebastian en m'adressant un grand sourire. On ne peut pas faire Han sans Chewbacca. Et Maisie a un don pour imiter les wookiees.

Je lui ai souri à mon tour. Ses paroles commençaient enfin à me calmer, voire à provoquer une vague de chaleur en moi.

— On veut t'entendre, s'est exclamé Beamer.

— Allez, Maisie ! a ajouté Sebastian.

C'est ainsi que je me suis retrouvée à faire, devant ma meilleure amie, le garçon dont je suis amoureuse et Beamer, des *cris de wookiee* sur la plage. Parce qu'il n'y a rien de plus sexy que des *cris de wookiee.*

J'ai su que j'avais commis une grave erreur quand, pendant que Sebastian et Beamer se tordaient de rire en essayant de reproduire les cris, Anna m'a adressé un subtil haussement du menton pour me sommer d'arrêter.

Oh, oh... Il me fallait reprendre le contrôle de la situation. J'ai avalé ma salive, pris une profonde inspiration et dit :

— Tu te souviens de la fois où on a préparé la soupe de maître Yoda ?

Ce qui a de nouveau fait sourire Sebastian. Ouf ! Après tout, j'allais peut-être y arriver.

— Oui, c'était dégoûtant ! a-t-il répondu. On avait mis des écorces, des feuilles, de la boue et je ne sais quoi d'autre dans de l'eau chaude avant de la goûter !

Une fois de plus, tout le monde a éclaté de rire. Fière de moi, j'ai ajouté :

— C'était tellement répugnant ! Je suis sûre que c'est à cause de ça que j'ai eu des vers.

Tandis que Sebastian et Beamer riaient de plus belle, Anna a écarquillé les yeux en murmurant : « Quoi ?! »

Finalement, je n'étais peut-être pas faite pour converser.

— En parlant de film, a dit Anna pour changer de sujet, ce matin j'ai vu la publicité d'une séance de cinéma en plein air. Ça a l'air vraiment cool.

— Le Beachside Cinema, a dit Sebastian. C'est plutôt sympa, avec un grand écran installé dans le parc de la plage principale.

— Génial.

— Et si on y allait ce soir ?

— Bonne idée, Seb.

Anna lui a souri avant de me regarder par-dessus son épaule.

— Parfait.

Vraiment parfait : justement, je rêvais d'y aller depuis longtemps avec Sebastian.

Plus tard, j'en ai fait part à Anna, tandis que je la maquillais. Je suis particulièrement douée, grâce à toutes ces heures passées dans le trou noir des tutoriels beauté de YouTube. Je n'en porte presque jamais, me contentant de m'amuser à la maison. Mais Anna a proposé que nous fassions la totale pour la soirée.

— Je le savais, a-t-elle dit avec un sourire.

— Pourtant je ne te l'avais jamais dit. Comment pouvais-tu le savoir ?

— Parce que je te connais, Maise.

Une fois prêtes, je me suis sentie euphorique, malgré les horreurs du matin et mes erreurs de l'après-midi. Anna était absolument ravissante et je ne me trouvais pas trop mal non plus.

Au moment de retrouver les garçons pour nous rendre au Beachside Cinema, nous avons fait bonne impression. Sebastian a laissé échapper un « ouah ! » en nous tendant une fleur à chacune. J'ai failli m'évanouir sur place. Il les avait cueillies sur l'un des arbustes bordant le sentier de la plage, mais son geste était tellement touchant. Même Beamer n'a pas réussi à gâcher ma bonne humeur en poussant un sifflement.

— Vous vous êtes faites belles, les gonzesses !

— T'as pas un mot plus moche pour nous décrire ? ai-je rétorqué.

Mais je n'arrêtais pas de sourire. La soirée commençait vraiment bien.

Jusqu'à ce que je découvre le film au programme. *Dirty Dancing* ?! Ma soirée de rêve virait au cauchemar.

— Je ne l'ai jamais vu, a déclaré Anna.

— Alors, c'est super, a dit Sebastian en souriant.

Tous les deux se sont avancés pour acheter les places avec l'argent de nos parents.

— Pourquoi tu boudes, Maisie Martin ? m'a demandé Beamer d'une voix doucereuse. C'est ton film préféré.

— Je déteste ce film.

— Quoi ? Je croyais que tu étais fan. Avec ta sœur…

— C'était il y a très longtemps. Je sais que c'est dur à croire pour toi, mais la plupart des gens évoluent passé l'âge de douze ans.

— Moi non plus, je n'aime pas spécialement ce film. Et si on se tirait ?

Il m'a tendu la main, comme si j'allais l'accepter.

Sebastian est apparu et a déposé un ticket dans la main de Beamer puis dans la mienne.

— Au fait, Maise, je viens de voir ta sœur, a-t-il dit en désignant la billetterie.

À cet instant, je suis certaine que mon cœur a manqué une dizaine de battements, n'étant pas encore prête à la voir avant quelques jours.

— Quoi ?! Où est-elle ?

C'est alors que je l'ai aperçue sur une affiche du concours *Miss Teen Summer Queen*, en même temps que Beamer.

— Je m'en souviens, on y était tous.

— C'était interminable, a ajouté Sebastian.

— J'ai quand même bien aimé le défilé en maillot de bain, a répliqué Beamer en remuant les sourcils.

— Tu es dégoûtant, ai-je dit pour la millième fois de ma vie.

Il a ri en se retournant vers l'affiche, le regard s'attardant très certainement sur le décolleté d'Eva.

— Elle a vraiment gagné mille balles pour ça ?

— Non, uniquement si elle avait gagné la finale nationale, ai-je précisé. Elle est arrivée troisième.

Anna s'est mise à ricaner.

— Je parie qu'elle a *adoré* faire ça.

J'ai ri. Puis Sebastian a lancé :

— Je parie que tu pourrais gagner ce concours !

Pendant quelques secondes, j'en ai eu le souffle coupé. Jusqu'à ce que je comprenne qu'il s'adressait à Anna. Tout en lui souriant, il lui a donné un petit coup de coude et elle a laissé échapper un rire haut perché.

— Jamais de la vie.

Ce à quoi il a répondu :

— Bien sûr que si.

Et elle :

— Non, impossible.

Et ainsi de suite, sans s'arrêter, jusqu'à ce que j'intervienne.

— Je parie que *moi* je pourrais gagner ce concours.

Ce qui leur a cloué le bec à tous les deux.

Au bout d'un instant, Sebastian a dit :

— Carrément, tu réussirais haut la main l'épreuve de talent avec ton imitation des wookiees.

Il m'a adressé un sourire et mon cœur a fait un bond. Puis il s'est avancé vers les poufs poire qui nous avaient été attribués (oui, j'ai bien dit *pouf poire*) en continuant à s'adresser à moi qui le suivais de près.

— Tu réussis enfin à me montrer ce film, hein ?

— Je n'arrive pas à croire que tu t'en souviennes.

— De quoi ? a demandé Anna derrière nous.

— Quand on était plus jeunes, Maisie a voulu qu'on regarde ce film, mais au bout de cinq minutes j'ai refusé de continuer, a dit Sebastian en souriant. Cette fois, je te promets de rester assis tout le long.

— Certaines personnes évoluent vraiment après douze ans, a remarqué Beamer.

Je lui ai lancé un regard noir auquel il a répondu par un sourire narquois.

— Trente-quatre, c'est ma place, a déclaré Sebastian en arrivant à notre rangée.

Il a fait un bond pour venir s'écraser sur le siège du milieu.

J'ai regardé mon ticket : trente-trois. Oh ! là, là… Juste à côté de lui ! La gorge nouée, j'ai essayé de m'asseoir avec le plus de grâce possible (en réalité, il y en avait très peu). Anna m'a adressé un grand sourire en s'asseyant (avec légèreté, évidemment) sur le pouf jouxtant celui de Sebastian, de l'autre côté. Et puis… Beamer s'est avachi à la dernière place, à côté de moi.

Je ne savais pas trop quoi penser de la situation, car je ressentais beaucoup trop de choses à la fois. J'étais reconnaissante (envers Anna), stressée (d'être assise aussi près de Sebastian), euphorique (à cause de Sebastian), pleine d'espoir (encore Sebastian), énervée (à cause de Beamer, bien sûr) mais aussi terrifiée (à cause du film, redoutant qu'il rouvre les vieilles plaies du passé).

Enfin, la séance a commencé. C'était bizarre. Mais de façon positive. C'est fou comme le simple fait de regarder le début d'un film qu'on n'a pas vu depuis des années peut réveiller une partie de notre âme. J'évitais de le voir depuis si longtemps, craignant qu'il me mette en colère ou me rende triste. Au lieu de ça, j'ai ressenti… de la nostalgie.

J'étais contente. Et un peu émue. J'ai réussi à retenir mes larmes jusqu'à la scène où Bébé confronte son père et lui fait comprendre qu'il l'a laissée tomber : « Il y a tellement de choses en moi que tu ignores encore. Mais si tu m'aimes vraiment, tu dois m'aimer exactement comme je suis. »

À ce moment-là, j'ai regardé Anna. Elle avait les yeux rivés à l'écran. Tout comme Sebastian, entre nous deux. Qui, lui, avait posé sa main… sur la cuisse d'Anna. Son pouce dessinait des petits cercles sur sa peau. Tous les deux affichaient un grand sourire. C'est là que j'ai vraiment eu envie de pleurer.

— Je vais chercher du pop-corn, ai-je couiné en tâchant de me lever le plus rapidement possible.

Sauf qu'en réalité, je me suis exécutée très lentement. As-tu déjà essayé de te lever d'un pouf ? Bien sûr que non, cher journal, tu es un objet inanimé. Sache que ce n'est pas de la tarte. Tu peux faire une croix sur toute ambition de délicatesse. (J'ai d'ailleurs failli m'étaler par terre.)

Une fois debout, je me suis éloignée à la hâte. Arrivée à la buvette, à l'arrière du parc, je n'ai pas fait la queue. Je me contentais de regarder fixement le panneau de la carte sans parvenir à lire ce qui était écrit, trop occupée à retenir les larmes qui montaient et me brûlaient la gorge.

Sentant une main sur mon épaule, je me suis retournée, soulagée.

— Anna, je…

Ce n'était pas Anna.

Si tu t'attendais à un moment romantique, tu vas être déçu. Rappelle-toi que je te raconte la vraie vie, pas un film. Donc non, ce n'était pas non plus Sebastian.

Mais ce fichu Beamer.

Alors je me suis mise à pleurer. Je n'étais pas d'humeur à écouter les conneries de Beamer. J'ai secoué la tête pour faire disparaître les pleurs. Puis j'ai tourné les talons et couru jusqu'à un arbre pour me laisser glisser contre le tronc et m'asseoir par terre. Beamer m'a suivie et s'est assis à côté de moi.

— Tu peux me laisser tranquille, s'il te plaît ?

J'ai essuyé mes yeux avec la manche de ma veste.

Il n'a pas dit un mot, mais il est resté là. En silence, il a plongé la main dans sa poche pour en sortir un mouchoir en tissu soigneusement plié qu'il m'a tendu.

J'ai esquissé une grimace.

— Il est propre, promis.

Je l'ai pris, déstabilisée par tout ce qui était en train de se passer, puis j'ai murmuré un « merci ». J'ai essuyé mes yeux et tamponné mon nez avant de le lui rendre. Cette fois, c'est lui qui a fait la grimace.

— Tu peux le garder maintenant.

Soudain, je me suis sentie terriblement gênée. Je me fichais pas mal de ce que Beamer pouvait penser de moi – mais qu'allait-il raconter à Sebastian ?

— Beamer…

Et là, parce que c'est Beamer, et parce que c'est ma vie, il a pété. *Pété !* Un pet vraiment tonitruant et infect, qui plus est. Je ne m'y attendais tellement pas (mais je me demande pourquoi ; après tout, c'était Beamer), que pendant un long moment je me suis contentée de le dévisager.

Puis, reprenant mes esprits, je lui ai donné une claque sur l'épaule.

— Bon sang, Beamer, pourquoi t'es aussi dégueulasse ?

Il a ri.

— Pourquoi t'es aussi dégueulasse ?!

Je lui ai donné une autre claque.

Ça l'a simplement fait rire de plus belle.

— Ce n'est pas drôle, c'est dégoûtant !

Je l'ai saisi par l'épaule pour le secouer doucement, mais à ce stade, n'arrivant plus à me contrôler, je riais aussi.

C'est là qu'il s'est tu avant de me demander :

— Tu es sûre que ça va, Maisie Martin ?

— Tout allait bien avant ton arrivée, ai-je répondu en lui donnant un coup de coude.

— Oui, mais... C'est que... Tu n'voudrais pas en parler ?

Beamer a une diction particulière, on dirait qu'il ne se donne pas la peine d'ouvrir la bouche. Devant se frayer un passage à travers ses lèvres, les mots sont prononcés très lentement et dans la longueur, quand ils ne trébuchent pas en arrivant trop vite, s'écrasant alors les uns contre les autres.

— Si je voulais parler, tu crois vraiment que ce serait avec toi ?

Il s'est gratté l'arrière de la tête.

— Euh... non, mais... tu pourrais, t'sais. Si tu veux.

Ces paroles paraissaient très pénibles à prononcer.

J'ai soupiré en tordant son mouchoir entre mes mains.

— Ne le prends pas mal, Beamer, mais qui, à part toi, utilise encore des mouchoirs en tissu ?!

(Reconnais, cher journal, que je mérite des félicitations pour ce changement de sujet efficace.)

Beamer a souri.

— En tant que banquier d'investissement de quarante ans, je me dois d'être toujours équipé.

J'ai levé les yeux au ciel avant de scruter de nouveau le mouchoir.

— Attends une seconde… Tes initiales sont brodées dessus ?

Dans un des coins, les lettres E, I, B étaient cousues au fil bleu foncé.

Il a poussé un drôle de soupir, à la limite du rire.

— Ma grand-mère brode tous les mouchoirs. À chaque anniversaire et à Noël, elle m'en offre un nouveau lot. C'est la tradition. Et la preuve que… quelqu'un m'aime.

Il a détourné le regard.

— Oh…

Je ne savais pas quoi dire. Puis j'ai réalisé que sa preuve d'amour était désormais recouverte de morve, de larmes et de traces de maquillage.

— Je suis vraiment désolée, Beamer. Il est tout sale.

Il a regardé son mouchoir et esquissé un sourire.

— T'inquiète pas. Ça partira au lavage. En plus, j'en ai encore une bonne centaine ! Par contre, t'as ruiné ton maquillage.

J'ai saisi mon téléphone et cliqué illico sur l'option selfie de l'appareil photo pour inspecter les dégâts. Il avait raison : un vrai champ de bataille. J'ai mouillé de salive un coin du mouchoir et entrepris d'arranger la situation.

Beamer a pris une inspiration ; il s'apprêtait à parler. J'ai cru qu'il allait souligner que ce que je faisais était répugnant. Au lieu de ça, il a dit, tout doucement :

— Tu l'aimes bien, hein ?

— De qui tu parles ?

Tandis que je braquais mon regard sur lui, il a haussé les sourcils.

— C'est pour ça que tu es triste ? Depuis des années, tu en pinces pour Sebby et voilà qu'il s'intéresse à ta meilleure amie.

— Non ! Tais-toi !

Ma voix trahissait mon émotion. J'attendais qu'il se moque de moi, mais il m'a encore étonnée en disant :

— Ne t'en fais pas, je comprends.

— Tu comprends quoi ?

— Sebby est irrésistiiiiiiible, a-t-il répondu en battant des cils.

Là, il se moquait.

— Oui, mais… ça fait des années qu'on ne se parle plus. Ce n'est pas vraiment bon signe, hein ?

Je perdais tout espoir.

— Mouais. À moins que ce ne soit justement une bonne chose.

— Comme si tu t'y connaissais.

Il a haussé les épaules, puis ramassé un bout de bois avec lequel il s'est mis à dessiner un motif dans le sable, l'air pensif.

J'ai poussé un grognement :

— Sebastian est au courant ?

Il a de nouveau haussé les épaules.

— On n'en a jamais parlé.

— Génial. Il ne parle jamais de moi, quoi.

Beamer n'a rien dit.

— Tu sais ce qui est drôle ? ai-je lancé avec colère, désormais. On était très proches avant, dans notre enfance. On jouait toujours ensemble.

— Oui, j'ai entendu. *Star Wars* et compagnie, a-t-il dit et, laissant tomber le bâton, il a relevé la tête vers moi. Que s'est-il passé ?

— Tu es arrivé, ai-je répondu en lui donnant un petit coup de coude, ce qui l'a fait ricaner. Si tu veux tout savoir, eh bien, oui... J'ai commencé à ressentir des choses pour lui. (Impossible d'échapper à la vérité, apparemment.) Enfin, je l'ai toujours trouvé mignon... Mais un jour, j'ai...

— Un jour, tu as... ?

Après avoir encore ricané, Beamer me pressait maintenant de terminer ma phrase.

Et puis merde, ai-je pensé. Foutue pour foutue...

— Tu as déjà lu les poèmes de Sebastian ? ai-je dit.

— Les *poèmes* de Sebastian ?

On aurait dit que ces deux mots n'allaient pas ensemble, comme si j'avais dit « la femme du pape » ou « un porno Disney ».

— Laisse tomber. Oublie tout ce que je viens de dire, d'accord ?

— Non, non, raconte.

J'ai poussé un soupir. Autant continuer.

— Bon, d'accord. Mais tu dois promettre de ne jamais lui raconter, ni à *personne d'autre.* Promets-le !

Il a levé son petit doigt et j'ai crocheté le mien, puis il a penché la tête au-dessus de nos mains jointes pour embrasser son pouce. Je l'ai imité, me sentant un peu ridicule.

— Voilà. C'est un lien indestructible, Maisie Martin.

J'ai délié nos mains et recommencé à tordre son mouchoir entre mes doigts.

Beamer s'est redressé.
— Alors ?
— Tu vas trouver ça stupide.
Il n'a rien dit, se contentant de rester assis, mais il était dans l'expectative. À nouveau, j'ai soupiré.
— Écoute, il détesterait que tu le saches, mais Sebastian… Sebastian écrit de magnifiques poèmes. Quand je les ai lus, j'ai compris qu'il était beaucoup plus complexe que je ne le pensais. Comme si, sous la surface, tout un tas de trucs bouillonnaient. Des trucs qu'il ne parvient peut-être pas à exprimer tout haut, mais à *écrire,* en créant quelque chose de beau, tu vois ? Il y avait en particulier ce poème sur les couleurs qui parlait en réalité de la solitude. Je n'avais pas idée qu'il éprouvait ce genre de choses. Jamais je n'avais lu un texte aussi émouvant. Je pense que… (À ce moment-là, j'ai remarqué que Beamer esquissait un sourire narquois.) Hé ! Tu as promis de ne rien lui dire. Je t'en supplie, ne dis rien !
Il a tenté de reprendre son sérieux, mais je voyais bien que ça lui coûtait. Puis lentement et sciemment, il m'a demandé :
— Seb t'a autorisée à lire sa poésie ?
Merde.
— Euh… *autoriser* n'est pas vraiment le bon mot.
Il a froncé les sourcils.
— Eh bien… un jour j'ai jeté un coup d'œil à un carnet ouvert sur son lit, alors qu'il n'y avait personne chez eux, d'accord ? Garde-le pour toi, s'il te plaît. Tu me l'as promis, Beamer !
Il a ri.

— Oh, t'es rusée, toi, a-t-il glissé en me donnant un coup de coude.

Je me sentais mal.

— Toute gentille et innocente par-devant, mais capable, par-derrière, de rentrer en douce dans la chambre des gens pour lire leurs secrets. Je ne te voyais pas comme ça, Maisie Martin.

— Tu ne vas pas lui dire, hein ? ai-je grogné.

— Ne t'inquiète pas, j'ai promis avec mon petit doigt, tu te souviens ? Je n'en soufflerai pas un mot à Sebby.

Mais, avec un sourire en coin, il a ajouté :

— Par contre, je n'ai pas promis de ne plus jamais t'en parler.

— Oh ! mais qu'est-ce que j'ai fait ?

Il a pouffé de rire.

— Alors comme ça, sa poésie t'a vraiment plu ?

J'ai poussé un grognement de frustration et jeté le mouchoir en direction de sa tête – missile qui s'est révélé totalement inefficace puisqu'il s'est juste envolé avant de s'écraser par terre entre nous.

Là, il riait vraiment à gorge déployée. Moi et mes sentiments pathétiques, on était tellement drôles pour lui. Je me demandais si l'assassiner serait considéré comme un homicide excusable (j'étais à peu près sûre d'avoir le jury de mon côté). En tout cas, mon regard devait être assassin parce qu'il s'est arrêté.

— Du calme, Maisie Martin. Ton secret sera bien gardé, compris ?

Je l'ai observé d'un air dubitatif.

Pensivement, il a passé son pouce sur ses lèvres.

— Ça te consolerait de connaître mon secret ?

J'ai plissé les yeux.

— Tout dépend de quoi il s'agit.

Il a soupiré.

— Moi aussi, j'ai un faible pour quelqu'un et je crois que ça se voit. Une supposition ?

Il affichait un petit sourire aguicheur. Sans y avoir pourtant jamais réfléchi, j'ai immédiatement trouvé la réponse, le nombre de nos connaissances communes étant relativement faible, sans parler du total de personnes situées dans la moyenne d'âge susceptible de l'intéresser (même si, pour être honnête, ça ne m'étonnerait pas que Beamer soit attiré par une de nos mères).

— Anna ?

Il a fait une drôle de tête, l'air de dire « N'importe quoi ! », mais je ne voyais pas bien ce qui le justifiait. Il ne restait donc plus qu'une seule possibilité.

— Pfff. Alors, c'est Eva. Bienvenue au club. Tu es au courant qu'elle sort avec une fille ?

— Maisie…

— Désolée, mais tu peux faire une croix sur elle. Même si elle était célibataire et aimait les garçons, tu n'aurais aucune chance.

Il semblait avaler péniblement sa salive, l'air vexé.

— J'ai pigé. Merci.

Je me sentais un peu coupable. Cependant, ne sachant quoi dire, j'ai ramassé son mouchoir et ses initiales ont de nouveau attiré mon attention.

— C'est quoi, ton prénom ?

Il s'est tu quelques instants avant de rompre le silence.

— Un seul secret, ça ne te suffit pas ?

— Pourquoi ce serait un secret ?

Pas de réponse.

— Allez ! Dis-moi.

— Si je te le dis, il faudra que je te tue.

— C'est la réplique la plus utilisée de l'histoire du cinéma.

— Non, je dirais plutôt que c'est « Tu as le choix : la méthode douce ou l'autre », a-t-il lancé en prenant le ton grave des héros de films d'action américain.

— Ou « On a de la compagnie ! » ai-je ajouté en imitant son accent.

— « Tu n'as donc rien compris, hein ? »

— « Ce n'est pas ce que tu crois. »

— « On n'est pas si différents, toi et moi. »

— « C'est tout ce que t'as ? »

— « Invincible, c'est comme ça que certains m'appellent. »

— Et comment tu t'appelles vraiment ?

— Je… Ah ! Bien joué, Maisie Martin. J'ai failli tomber dans le panneau.

On a ri tous les deux, puis Beamer s'est levé.

— On ferait mieux d'y retourner, a-t-il lancé en s'époussetant les fesses, c'est bientôt le bouquet final.

En repensant à ce qui m'avait incitée à m'enfuir, j'ai senti mon ventre se nouer. Toutefois, je me sentais un peu plus calme, à présent. J'avais surtout envie de parler avec Anna. Alors, quand Beamer s'est penché pour m'aider à me relever, j'ai accepté sa main.

— Ne va pas t'imaginer qu'on est amis, maintenant, ai-je dit, tandis qu'il nous guidait jusqu'à nos places.

— Jamais je ne penserais une chose pareille, Maisie Mart… Hé ! On a oublié le pop-corn, s'est-il exclamé en faisant brusquement demi-tour pour me pousser vers la buvette. Vite, dépêchons-nous avant que ça ferme !

— Beamer, qu'est-ce que…

C'est alors que, par-dessus son épaule, j'ai tout vu.

Sebastian. *Mon* Sebastian en train d'embrasser Anna.

J'en suis restée bouche bée, mais Beamer s'est placé devant ma ligne de mire pour que je ne les voie plus. Il affichait une mine coupable.

— Je rêve ? Ton rôle, c'était de m'occuper pour que Sebastian puisse conclure ?!

— Quoi ? Pas du tout.

— Je connais très bien cette stratégie, Beamer : celle du copain qui occupe la fille moche pendant que l'autre obtient la jolie fille. Quelle *générosité.* J'aurais dû m'en douter.

J'ai déguerpi en courant, dépassant la buvette et cet arbre maudit, jusqu'à la sortie. J'entendais Beamer m'appeler, mais j'ai continué à courir jusqu'au bungalow, où je suis passée en trombe devant ma mère et Laura, installées sur la véranda, avant de claquer la porte de ma chambre derrière moi.

Puis j'ai entendu ma mère frapper à la porte.

— Maisie ? Ça va ? Qu'est-ce qui se passe ? Tu es déjà rentrée ?

— Je ne me sens pas très bien, c'est tout. Mais ça va.

Elle a ouvert légèrement la porte pour glisser sa tête à l'intérieur.

— Où est Anna ? Elle n'est pas rentrée avec toi ?

— Non, je lui ai dit de ne pas s'inquiéter. Je crois que j'ai juste besoin de me reposer.

Ma mère s'est approchée et a posé sa main sur mon front. Je l'ai repoussée.

— Ça va, maman. J'ai juste besoin de me reposer.

— Mais, au sujet d'Anna…

— Maman !

Elle a soupiré.

— D'accord. Je suis là si tu as besoin, compris ?

— Oui.

Elle a refermé la porte mais refait son apparition cinq minutes plus tard, sans dire un mot, se contentant de déposer du paracétamol et un verre d'eau sur ma table de nuit.

J'ai appelé mon père à plusieurs reprises, tombant chaque fois sur son répondeur, ce qui était bizarre. D'habitude, il répond du premier coup, quoi qu'il fasse, sauf s'il regarde un film. Peut-être que c'était ça. Je ne me suis pas donné la peine de lui laisser un message, parce que je ne savais pas quoi dire. Je voulais juste entendre le son de sa voix.

Je ne saurais dire au bout de combien de temps Anna est rentrée, mais ça m'a paru une éternité.

— Maise, ça va ? Beamer et toi, vous aviez disparu, j'ai eu peur qu'il t'ait kidnappée. Mais ta mère m'a dit que tu étais malade…

Elle s'est approchée de mon lit et s'est agenouillée à côté de moi, le visage soucieux. L'image de Sebastian en train de l'embrasser a surgi devant mes yeux.

— Oui, ai-je répondu. Je ne me sens vraiment pas bien.

— Tu aurais dû me le dire. Je serais rentrée avec toi.

— Je ne voulais pas te déranger, tu avais l'air de passer un très bon moment, ai-je rétorqué, d'un ton acerbe.

— Maise…

J'ai roulé sur le côté, face au mur.

— Laisse tomber, Anna. J'ai juste besoin de dormir. Tu peux éteindre la lumière ?

— Bien sûr, a-t-elle dit doucement avant d'appuyer sur l'interrupteur et de sortir de la chambre.

Je l'entendais dans la salle de bains à travers la cloison – elle suivait probablement toutes les étapes de son rituel beauté du soir.

— Maise…, a-t-elle susurré à son retour.

Je me suis mise à ronfler bruyamment.

Elle a soupiré puis grimpé sur le lit du dessus. Pour faire bonne mesure, j'ai continué les ronflements. Au bout d'un moment, je l'ai entendue ronfler pour de vrai, tandis que j'étais étendue sur mon lit, encore éveillée, les yeux bien ouverts.

Mardi 19 décembre

Les deux découvertes du jour

1. *Apparemment, les gens du matin, ça existe vraiment.*

Source : je n'ai pas beaucoup dormi la nuit dernière. À 5 h 30, n'en pouvant plus, je suis sortie me promener sur la plage. Il y avait beaucoup de gens dehors à cette heure-là et, chose hallucinante, ils avaient l'air *heureux*. Les « Bonjour ! » et « Quelle belle journée, n'est-ce pas ? » fusaient. Pourtant, ils auraient sans doute préféré être encore au lit. (Je reconnais que le lever de soleil était vraiment extraordinaire. Or, sais-tu ce qui est tout aussi extraordinaire ? Le sommeil.)

2. *Je crois que j'ai une nouvelle amie.*

Source : Leila Khouri. Elle est vraiment géniale.

*

J'ai su que ma mère et Anna étaient levées quand les messages se sont mis à pleuvoir.

Maman : *MAISIE ! OÙ ES-TU ? TU ES VIVANTE ?*

Anna : *Maise ? T'es où ? Ça va ?*

Maman : *MAISIE MARTIN ! RÉPONDS À TON TÉLÉPHONE ! TU ES MORTE ?*

Moi : *MAMAN, calme-toi. Je suis juste partie me promener.*

Maman : ...

Maman : *SI VOUS ÊTES LE RAVISSEUR, SACHEZ QUE JE SUIS EN TRAIN D'APPELER LA POLICE !!!*

Maman : *LA PROCHAINE FOIS, ON RÉPOND À SON TÉLÉPHONE DU PREMIER COUP, MADEMOISELLE, PAS LA TROISIÈME FOIS ! JE VAIS FAIRE DU SHOPPING AVEC LAURA. PASSE UNE BONNE JOURNÉE ! BISOUS*

Anna : ????

Moi : *Salut Anna ! Désolée, je me suis levée tôt et je n'ai pas voulu te réveiller. Je viens de croiser Leila, tu te souviens ? Elle m'a invitée chez elle. Ça ne te dérange pas de passer la matinée toute seule ?*

Anna : ...

Anna : ...

Anna : *OK.*

Moi : *Salut Leila ! C'est Maisie, tu te souviens de moi ? Tu avais proposé qu'on se revoie, peut-être que tu ne le pensais pas vraiment, mais au cas où, ça te dirait ?*

Leila : *Salut ma beauté ! Bien sûr que je me souviens de toi. Et ma proposition tient toujours ! Ce matin je travaille avec ma mère mais tu peux venir prendre le petit déj chez nous. Ensuite on pourra passer du temps ensemble.*

J'ai longuement regardé le simple « OK » de Anna, preuve qu'elle n'était pas contente. Or, je n'étais pas encore prête à lui parler de ce qui s'était passé la veille. J'ai alors repoussé tout sentiment de discorde et me suis rendue chez Leila.

Celle-ci vit dans une chouette et immense maison, partagée entre l'espace réservé à sa famille à l'avant et quelques chambres pour les clients du gîte à l'arrière et avec, au centre, une salle à manger et une salle de séjour communes. Le jardin se compose d'une piscine et d'une grande terrasse pourvue d'élégantes chaises longues. J'ai demandé à Leila si c'était bizarre de vivre en permanence au milieu d'inconnus. Elle m'a expliqué que sa famille parvenait à préserver son intimité et qu'elle aimait rencontrer de nouvelles personnes, ce qui constituait pour elle une « source d'inspiration ».

Après avoir rencontré sa mère, je comprends mieux d'où lui vient… quoi exactement ? Sa confiance en elle ? Son côté chaleureux ? Ce petit *je-ne-sais-quoi*, comme dirait ma grand-mère.

À mon arrivée, je me suis sentie un peu gênée parce qu'elles étaient occupées à préparer le petit déjeuner et que je ne voulais pas les embêter.

— Je peux vous aider ? ai-je demandé.

— N'y pense même pas ! a lancé Maya, sa mère.

Elle me regardait d'un air réprobateur, mais avec une étincelle dans les yeux.

— Contente-toi de t'asseoir et de te détendre. Mange des œufs et des muffins. Ah, et sers-toi de ça aussi. Et puis, prends du thé ou du café.

Elle me tendait une assiette remplie de nourriture.

— Ce n'est pas pour les convives ?

— Toi aussi, tu comptes parmi les convives, a rétorqué Maya.

Leila m'a adressé un grand sourire par-dessus le plateau de fruits qu'elle préparait.

— Je voulais dire, les clients qui payent.

— Ma chérie, c'est perdu d'avance, a soulevé cette dernière. Autant baisser les bras tout de suite. Ma mère adore nourrir les gens, que ce soit payant ou gratuit.

Maya a laissé échapper un rire généreux, semblable à celui de sa fille.

— Exactement. Tais-toi et mange.

J'ai obéi et, au bout d'un moment, je me suis sentie plus à l'aise. Leila et sa mère n'arrêtaient pas de discuter tout en s'affairant. Une fois le travail terminé, Maya nous a chassées de la cuisine pour que nous profitions de la journée. Leila m'a conduite jusqu'à sa chambre. Bon sang ! C'était comme pénétrer dans un magasin de tissu après une tornade, le tout agrémenté d'une dizaine de pages Pinterest réelles : des murs entiers recouverts de croquis, de photos et d'images imprimées, épinglés comme source d'inspiration, avec des perles, des paillettes, des pompons, des tissus ainsi que des vêtements, des chaussures et des sacs partout. Le lit demeurait presque invisible, sans parler du sol. Le seul espace libre était réservé à la machine à coudre dans un coin.

— Désolée, c'est le bazar. Pourtant, j'essaie d'être plus ordonnée. Tu ne vas sans doute pas me croire, mais j'ai fait des progrès. Ça ne m'aura pris que dix-sept ans.

S'emparant d'une pile d'affaires posées sur un fauteuil orange, elle a tout déchargé à côté de son lit, puis elle m'a fait signe de m'asseoir. Elle a ensuite déplacé des choses qui étaient sur le lit pour s'y installer, les jambes croisées.

— Où sont passés tes amis ?

— Je ne sais pas, je ne les ai pas vus de la journée. Ils sont sans doute à la plage.

— Il y a de l'eau dans le gaz ou quoi ?

J'ai senti qu'elle s'inquiétait vraiment, que ce n'était pas juste de la curiosité mal placée.

— Pfff. Pas vraiment.

— Tout va bien ?

— Pas vraiment.

Elle m'a observée pendant un moment.

— Tu veux en parler ? Je sais qu'on ne se connaît pas depuis longtemps, mais je peux être une bonne oreille. Parfois, j'arrive même à garder un secret.

Elle souriait.

Avant que je ne dise quoi que ce soit, un prospectus qui traînait par terre a attiré mon attention : l'affiche du concours *Miss Teen Summer Queen* en version rétrécie mais avec le sourire de ma sœur toujours en gros plan.

— Qu'est-ce que tu fais avec ça ?

Leila a suivi mon regard.

— Quoi, ça ? T'as déjà assisté à ce concours ?

Elle s'est baissée pour ramasser le prospectus.

J'ai acquiescé.

— C'est ma sœur.

— T'es sérieuse ? Elle est magnifique. Je me souviens du jour où elle a gagné, il y a deux ou trois ans. Sa robe était hideuse.

Réalisant ce qu'elle venait de dire, Leila a tout de suite écarquillé les yeux.

— Euh… c'est juste que j'y vais tous les ans pour voir les tenues, tu comprends ? Seulement, la plupart sont *horribles* et…

— Ne t'inquiète pas, ai-je répondu en riant. Moi aussi, j'ai détesté sa robe. Elle était vraiment moche.

Leila m'a souri, visiblement soulagée.

— Pourquoi tu continues à y aller, si tu trouves les tenues affreuses ?

— Pour tout dire, c'est en partie pour cette raison que j'y vais. Pour me moquer. Mais je reste optimiste. Chaque année, je croise les doigts pour découvrir de jolies choses. Je rêve de voir un jour mes créations sur le podium… C'est bête, je sais, mais c'est le plus grand événement de l'année ici. Ce serait un excellent tremplin pour mon travail. J'ai essayé de convaincre mon amie Jo de participer au concours cette année, et de l'habiller, mais pour elle, c'est juste une célébration du patriarcat. Elle préférerait mourir que d'y mettre les pieds. Elle a sans doute raison ; ce concours repose sur des fondements merdiques… Mais ce serait génial pour mon portfolio. En quoi ça fait de moi une mauvaise personne ? (Elle s'est mise à rire.) Enfin, peu importe. Aucune de mes amies ne veut y participer.

— Pourquoi tu n'y participes pas toi-même ?

Elle a ricané.

— J'y ai pensé, mais je ne peux pas. Je suis trop timide.

Me voyant lever les yeux au ciel, elle a ri de plus belle.

— Quoi ? C'est vrai, tu peux me croire. Je suis vraiment timide. Enfin, j'adore parler aux gens, mais sur scène, le trac me pétrifie. En cinquième, la conseillère d'orientation m'avait poussée à faire du théâtre, parce que j'avais soi-disant *un talent naturel.* Mais franchement, je ne vois pas ce qu'elle a pu déceler en moi. Chaque fois que je devais réciter mon texte devant un public, j'avais envie de vomir. Alors j'ai dit que je préférais faire partie de l'équipe des costumes. Tu connais la suite.

Elle a de nouveau regardé le prospectus qu'elle tenait entre ses mains, observant le visage souriant d'Eva, puis elle s'est tournée vers moi.

— Tu as déjà pensé à y participer ?

— Moi ?

— Oui, toi !

— Tu te fiches de moi, hein ?

— Pas du tout ! Ce serait génial ! Surtout si tu me laisses t'habiller. Allez, dis oui, s'il te plaît !

Elle affichait un grand sourire plein d'espoir.

J'ai repensé à soirée de la veille, à ce moment où j'avais dit que je pourrais gagner ce concours. À Sebastian qui m'avait fait un clin d'œil. Et qui avait ensuite embrassé Anna.

— Ça ne sert à rien. Tu m'as vue ? ai-je soupiré.

Elle m'a observée de haut en bas.

— Je te vois. C'est quoi, le problème ?

— Je ne corresponds pas vraiment aux critères d'un concours de beauté.

— Ah bon, et pourquoi ?

J'ai froncé le nez.

— Parce que je suis… une grosse vache dégoûtante que personne n'a envie de regarder, encore moins sur une scène.

Les mots avaient filé avant que je ne puisse les arrêter.

— Eh bien ! Tu es sacrément dure envers toi-même, a objecté Leila.

Elle s'est agenouillée devant moi, posant délicatement une main sur ma cuisse.

— Et surtout, ce n'est pas vrai du tout.

J'ai secoué la tête.

— Te fatigue pas. Pas la peine de me mentir.

— Ma chérie, jamais je ne te mentirais. Tu n'es pas… Qu'est-ce que tu as dit déjà ? Une grosse vache dégoûtante qui n'a pas sa place sur une scène ?

J'ai tressailli en entendant mes mots dans sa bouche.

— C'est absurde. Tu es magnifique et tu as toute ta place sur cette scène, autant que les autres.

— Arrête, Leila. Je sais que je ne suis pas belle. Je suis grosse.

— Et pourquoi tu ne pourrais pas être les deux ? a-t-elle rétorqué en souriant.

J'étais sous le choc, ne m'attendant pas à cette réponse. J'imaginais qu'elle continuerait à nier mon embonpoint, à coups de jolis mensonges comme le faisait Anna. « Tu n'es pas grosse, tu es splendide. » C'est ça que font les amis, non ? Contrairement à ma mère qui dirait : « Tu peux y remédier, tu sais », ou

Eva qui… bref, pas comme Eva. Ce que Leila venait de dire faisait un peu office de révélation.

Je n'étais pas nécessairement d'accord avec elle, seulement, elle a pris mon silence pour un acquiescement.

— Tu vois, tu pourrais totalement être la prochaine *Miss Teen Summer Queen* !

— Non, je ne crois pas. Il faut indiquer sa taille et son poids sur le formulaire d'inscription. Quand le jury prendra connaissance du mien, je serai recalée.

— Je peux te poser une question ? a renchéri Leila. Oublions l'avis du jury ou de qui que ce soit. Est-ce que *toi* tu veux participer à ce concours ? Sois honnête.

Le moment d'avouer la vérité avait sonné.

Vois-tu, cher journal, au fond de moi, au plus profond, j'adorerais y participer. Et gagner.

Quand nous étions plus jeunes, Eva et moi parlions souvent du concours. Nous avions hâte d'être en âge de nous inscrire pour proposer notre spectacle de danse. Peu importe si c'était contraire au règlement, nous l'aurions fait. Il se trouve que nous avions inventé ensemble une chorégraphie sur la musique de *Dirty Dancing*, notre film préféré, et nous rêvions que le jury, impressionné par notre talent et notre beauté, nous remette à chacune une couronne, pour notre plus grand bonheur. Ce qui nous motivait, ce n'était pas de gagner, mais de le faire ensemble.

Mais ma sœur a fini par y participer sans moi. Et elle a gagné.

En mon for intérieur, moi aussi j'ai envie de le faire.

J'ai tout confessé à Leila. Elle ne mentait pas sur sa capacité d'écoute. Pas une seule fois, elle ne m'a jugée ou mise mal à l'aise, tandis que je lui confiais mon ressenti. Une fois lancée dans mes aveux, je n'arrivais plus à m'arrêter.

— Bon, que dis-tu de ça ? a-t-elle lâché quand j'avais terminé. On remplit le formulaire pour t'inscrire. Si tu ne reçois rien, pas grave, ce sera comme si tu ne t'étais jamais inscrite. Mais si tu es sélectionnée, ce sera génial, non ? Franchement, tu n'as rien à perdre !

Si. Le peu de dignité qu'il me reste, ai-je pensé. Mais Leila avait raison. Nous avons pris une demi-heure pour remplir le formulaire en ligne. En répondant à chaque question, ma participation semblait de moins en moins plausible. Alors je me suis contentée de me prendre au jeu et, quand Leila a cliqué sur le bouton « envoyer », les tensions que je sentais dans ma poitrine ont disparu. Ce concours ridicule était sans doute déjà sorti de ma tête.

J'ai passé une heure de plus chez Leila, à feuilleter des magazines des années 1980 et 1990 qu'elle collectionne, à répondre à des quiz débiles et à rire en regardant les pages mode, les jeux de mots et les beaux mecs. Puis elle est partie rejoindre ses amis. Elle m'avait proposé de venir avec elle mais il était temps que j'affronte la situation. Je devais retrouver Anna.

Mercredi 20 décembre

Les deux découvertes du jour

1. *Mieux vaut affronter les problèmes plutôt que de les fuir.*
Source : j'ai parlé à Anna et la situation s'est améliorée.

2. *Les Dragibus, c'est vraiment trop bon.*
Source : mes papilles, via le paquet que j'ai acheté à l'épicerie du coin avant de le dévorer.

*

J'ai une confession à te faire, cher journal : je reconnais que j'étais très, très en colère contre Anna. Surprise ! Tu ne t'en doutais pas, je parie ?

J'imagine que je ne voulais pas le dire tout haut (ou plutôt, l'écrire noir sur blanc) pour ne pas l'admettre. Je ne voulais pas y penser. Ne pas l'affronter. Parce que ça revenait à accepter la vérité : en réalité, la personne contre qui j'étais le plus en colère, ce n'était pas Anna. Pas Sebastian, non plus. Même pas Beamer.

C'était moi.

J'étais… Je le suis encore… excédée contre moi-même pour plein de raisons.

Excédée de perdre mes moyens, de ne plus arriver à fonctionner normalement – encore moins à être séduisante – en présence de Sebastian.

Excédée d'espérer encore qu'il s'intéresse un jour à moi.

Excédée d'attendre encore que quelqu'un veuille un jour de moi, alors que je n'arrive même pas à me regarder dans une glace.

Excédée de faire toutes ces choses qui me font culpabiliser, alors que je sais qu'elles auront cet effet-là.

Excédée de faire toutes ces choses qui me font culpabiliser, *parce que je sais* qu'elles auront cet effet-là.

Excédée d'être engluée dans une spirale de haine et d'autoflagellation.

Excédée de… tout.

En fait, je suis reconnaissante envers Anna – une des rares personnes qui m'aime sans aucune réserve. Non seulement elle m'aime, mais elle accepte de passer du temps avec moi.

Tu veux savoir comment nous sommes devenues amies ? (J'espère que oui, parce que tu n'y couperas pas.)

Tout a commencé le jour de la rentrée, en cinquième. J'étais assise sur les marches du CDI avec mon amie Vanessa (qui n'est plus vraiment mon amie, mais c'est une autre histoire) quand, tout à coup, des garçons de quatrième qui se trouvaient quelques marches au-dessus s'étaient mis à nous lancer de la nourriture. Ça les faisait rire, tandis que nous restions assises là, sous le choc. Au bout d'une minute ou deux, j'avais entendu quelqu'un dire : « Ça suffit, bande de débiles ! » et j'avais levé les yeux. C'était Anna qui se tenait debout devant nous, les mains plaquées sur les hanches, et qui fusillait les garçons du regard. Elle avait l'air féroce. Quelque chose de magique s'était alors produit : les projectiles avaient cessé. Anna leur avait ensuite tendu son majeur avant de nous lancer : « Et vous, venez avec nous ! » Sans même se retourner, elle nous avait fait traverser la cour de récré jusqu'à son groupe d'amis.

Ce jour-là, elle m'a sauvée. Et sa présence dans ma vie me sauve encore depuis.

Dernièrement, c'était à moi de lui venir en aide. Non seulement, Dan l'enfoiré l'a détruite, mais je sais que le départ de sa mère, bien qu'elle prétende ne pas en être affectée, n'arrange pas les choses. Et puis hier, j'ai disparu de la circulation.

Je réfléchissais à tout ça en partant de chez Leila. Et ma colère diminuait à mesure que la culpabilité faisait son apparition.

Arrivée au bungalow, je n'ai trouvé personne. J'ai alors rédigé tout ce qui s'était passé depuis la veille en attendant que quelqu'un arrive. En toute franchise, je repoussais encore le moment de faire face à Anna.

J'ai fini par entendre des rires qui s'élevaient de la véranda. J'y ai trouvé Anna en compagnie de Sebastian et de Beamer, assis autour de sushis. Beamer m'a vue en premier.

— Te voilà, Maisie Martin ! Où étais-tu passée ?

— Je me baladais.

— Anna m'a dit que tu n'allais pas bien. Ça va mieux ? a demandé Sebastian.

J'ai regardé Anna, visiblement absorbée par son sushi.

— Ça va beaucoup mieux, merci, ai-je répondu.

Alors Anna a levé les yeux vers moi en esquissant un sourire timide. Elle semblait vraiment inquiète.

— Vous voulez bien nous laisser ? a-t-elle lancé. Maisie et moi avons besoin d'un moment entre filles.

— Au moins, c'est clair, quand on ne veut plus de nous, pas vrai Sebby ? a fait Beamer en se levant, tout en continuant à s'empiffrer.

Sebastian a hoché la tête, posant brièvement sa main sur l'épaule d'Anna.

— On se voit plus tard, a-t-il dit à son intention.

— Oui, à tout à l'heure, a-t-elle répondu.

— Content que tu te sentes mieux, Maise.

Sur ce, ils sont partis, nous laissant seules. J'ai alors pris place en face d'elle. Nous nous sommes tues pendant quelques instants jusqu'à prononcer en même temps : « Je suis désolée. »

Ce qui nous a fait rire, plus gênées qu'amusées. J'ai poursuivi :

— Anna, je suis désolée d'avoir disparu aujourd'hui, je...

— Non, ne t'excuse pas. C'est moi qui suis désolée. Tu... tu nous as vus hier soir, pas vrai ?

Elle avalait péniblement sa salive, embarrassée.

— Je veux dire, Seb et moi.

— Oui, je vous ai vus.

— Excuse-moi, Maisie. Je ne sais pas ce qui m'a pris. Il a… J'ai… Il m'a embrassée, j'étais sous le choc et…

— C'est bon.

— Non, ce n'est pas bon du tout ! C'est la règle numéro un de l'amitié : ne pas embrasser le mec qui plaît à ta meilleure amie. Je suis horrible.

On aurait dit qu'elle allait se mettre à pleurer.

— Justement, ai-je dit, il ne m'appartient pas. Sinon, il ne t'aurait pas embrassée.

— Mais…

— T'inquiète pas, Anna. J'ai pigé.

— Ça ne se produira plus, je te le jure.

Elle avait l'air au fond du seau.

— Tu aimerais que ça se reproduise ? ai-je demandé d'un ton calme, en total contraste avec ce que je ressentais vraiment.

— Non ! Bien sûr que non. Jamais je ne te ferais du mal comme ça.

— Mais Sebastian te plaît, n'est-ce pas ?

Elle se mordillait la lèvre. Je lisais beaucoup d'inquiétude dans ses grands yeux.

— Maise…

— Ne t'en fais pas, d'accord ? Il est à toi.

— Quoi ? Mais non ! Je ne laisserai jamais un mec s'immiscer entre nous.

C'est vrai. Toutes les fois où elle avait été en couple (Anna ne reste jamais célibataire très longtemps), notre amitié était toujours passée en premier. À mon tour de donner la priorité à cette amitié.

— Ça ne sera pas le cas, ai-je dit. Si c'est ce que tu veux, s'il te rend heureuse, alors c'est aussi ce que je souhaite pour toi.

Anna s'est tue quelques instants.

— Maisie, je ne peux pas. Ça fait des années que tu es amoureuse de lui. Ça n'arrivera pas, compris ?

J'ai repensé au fait que, depuis quelques jours, elle semblait tellement plus heureuse. J'ai repensé à la façon dont Sebastian la regardait. Comme jamais il ne m'avait regardée – et comme jamais il ne me regarderait. Et j'ai formulé un beau mensonge, comme elle le faisait si souvent pour moi.

— Anna, je te promets que ça ne me dérange pas. De toute façon, il ne m'intéresse presque plus.

— Mais…

Je l'ai interrompue de la main.

— Tu peux me croire. Mon obsession pour lui, c'était surtout une vieille habitude… histoire d'occuper mes étés. Mais tu es là, maintenant, et je n'ai plus besoin de m'intéresser à un garçon.

Elle m'a regardée attentivement. Je me suis penchée en avant, déposant mon menton sur mes mains, un sourire aux lèvres.

— Ce serait du gâchis que de refuser d'embrasser des lèvres aussi parfaites, ai-je dit en remuant les sourcils, ce qui l'a fait rire. Allez, je veux tout savoir dans les moindres détails !

Elle a secoué la tête et changé de sujet, évoquant un tutoriel de maquillage à paillettes qu'elle avait vu sur YouTube et qu'il nous fallait à tout prix essayer. Alors, à l'intérieur du bungalow, nous avons sorti tout notre maquillage et mis de la musique pour nous amuser jusqu'au retour de Laura et de ma mère, qui a ri en nous apercevant, avant de nous offrir les produits de beauté qu'elle nous avait achetés. C'est ainsi que nous avons passé le reste de la soirée toutes les quatre, à nous faire belles. Quand Lincoln est venu chercher Laura, celle-ci l'a invité à retourner dans leur bungalow et à annoncer aux autres que la soirée était réservée aux femmes. Ma mère nous a même permis, à Anna et à moi, de boire un peu de vin. Le vrai cliché d'une soirée entre filles. Et tu sais quoi ? C'était vraiment bien. À l'exception de quelques moments gênants : chaque fois que ma mère mentionnait « ton père », elle faisait la moue. Laura s'efforçait néanmoins d'éviter le sujet et je lui en étais extrêmement reconnaissante.

Pour la première fois depuis des jours, je me suis endormie d'un coup et j'ai eu un long sommeil réparateur.

*

Aujourd'hui, rien à signaler. Anna et moi sommes sorties nous promener dans la matinée, puis nous avons retrouvé Sebastian et Beamer à la plage. Tout s'est déroulé comme d'habitude : Sebastian, très sympa, surtout envers Anna ; Anna, plutôt joyeuse, surtout en présence de Sebastian ; Beamer, particulièrement énervant, surtout avec moi ; moi, silencieuse et timide, surtout en présence de Sebastian et d'Anna… en particulier quand je remarquais sa main à lui sur son bras à elle, sur sa cuisse ou dans son dos, dessinant de petits cercles avec ses doigts…

— On va déjeuner ? ai-je proposé au bout d'un moment.

— C'est trop tôt, je n'ai pas encore faim, a protesté Anna.

— Moi non plus, a ajouté Sebastian.
— Je viens avec toi, a rétorqué Beamer.
Évidemment.
C'est ainsi que Beamer et moi avons lentement remonté la plage. Je tâchais d'oublier le mauvais pressentiment éprouvé en quittant Sebastian et Anna, allongés côte à côte, repoussant l'image de Sebastian se penchant sur elle pour l'embrasser et la boule que cette image créait dans mon ventre. Anna semblait heureuse. Et je lui avais dit que ça ne me dérangeait pas. C'était donc inévitable.
Pour autant, cela ne voulait pas dire que j'acceptais d'être contrainte de rester avec Beamer.
Une fois loin des autres, il s'est tourné vers moi, le visage sérieux.
— Écoute, pour l'autre soir…
— Laisse tomber, l'ai-je interrompu.
— Non, Maisie, je voulais t'expliquer…
— Il n'y a rien à expliquer.
— Si, a-t-il insisté. Je veux que tu saches que rester avec toi ce soir-là ne faisait pas partie d'une stratégie ou d'un plan pour que Seb puisse passer à l'action.
— Oui, c'est ça. Comme là, d'ailleurs.
— Non, ce n'est vraiment pas ce que tu crois, a-t-il répondu avec une pointe de frustration dans la voix.
— C'est bon, j'ai dit à Anna qu'elle pouvait sortir avec Sebastian.
Déconcerté, il a froncé les sourcils.
— Mais je croyais que…
— Puisqu'ils se plaisent, je ne vais pas m'interposer. De toute façon, il ne m'intéresse plus.

Beamer a soupiré en passant devant moi. Nous avions atteint les douches et les robinets, au bout de l'allée.

— Faut croire qu'on est condamnés à passer du temps ensemble, toi et moi, ai-je dit avec résignation.

Je ne voyais pas son visage. Sous la douche, il ne disait rien, rinçant le sel et le sable sur son corps. J'ai détourné le regard, attendant mon tour pour le robinet car seuls mes pieds avaient besoin d'être lavés.

Soudain, j'ai senti de l'eau froide m'éclabousser sur le côté. J'ai crié en me tournant vers Beamer qui affichait un sourire malicieux. En découvrant mon visage, il a éclaté de rire.

— Comme tu l'as dit, Maisie Martin, te voilà condamnée à rester avec moi.

J'ai poussé un cri de rage avant de m'éloigner le plus rapidement possible. Il a couru pour me rejoindre, encore tout mouillé, sa serviette jetée autour de son cou. Puis il a utilisé une des extrémités pour se sécher les cheveux, un sourire aux lèvres. Quand il a ouvert la bouche, je m'attendais à ce qu'il me demande pardon – peu importe si ça n'était pas sincère – mais, au lieu de ça, il a dit :

— *Le Roi Scorpion, San Andreas* ou *Agents presque secrets* ?

— Quoi ?

— Quel film tu veux voir en premier ?

Il a reniflé en essuyant son visage.

La discussion de l'autre soir a ressurgi dans ma mémoire.

— Beamer, je t'arrête tout de suite. Jamais tu ne pourras me convaincre que The Rock est la plus grande star de films d'action de tous les temps. Tu te trompes, en plus d'avoir très mauvais goût.

— Prouve-le, a-t-il rétorqué en souriant.

Nous avons donc passé un accord : je lui montre trois films avec Arnold Schwarzenegger et il m'en montre trois avec The Rock. Nous évaluerons chaque film en toute objectivité, en fonction de cinq critères : répliques cultes, divertissement général, explosions, ralentis et héroïsme de film d'action (quoique difficile à décrire). À la fin, la personne dont le héros aura obtenu le moins de points devra s'acquitter d'un gage choisi par le gagnant.

Il est hors de question que je perde. Sinon, je n'ose même pas imaginer les horreurs que Beamer me fera endurer.

Nous avons mangé, puis nous sommes retournés au bungalow pour commencer avec *Terminator 2 : Le Jugement dernier*, que Beamer n'avait jamais vu (ce qui prouve son ignorance). Nous nous sommes mis d'accord pour ne pas divulguer nos notes avant d'avoir vu tous les films, afin d'assurer l'équité de la compétition.

Je dois reconnaître que c'était plutôt amusant. De toute évidence, *T2* est une valeur sûre, et puisque regarder un film empêche de parler, mon indice de tolérance à l'égard de Beamer n'a pas plongé dans le rouge. Même quand il commentait certaines scènes décisives, je m'en fichais. Je voyais bien qu'il appréciait le film (pour preuve : quand, à la toute fin, Schwarzy a levé son pouce, j'ai vu qu'il avait les larmes aux yeux). Je vais gagner, c'est sûr.

Nous n'avions vu qu'un seul film quand Sebastian et Anna sont revenus ; ils gloussaient, rayonnants.

Anna ayant annoncé qu'il était *hors de question* qu'elle reste assise devant un film d'action alors qu'il faisait si beau dehors, nous sommes tous sortis nous promener, Sebastian et Anna en tête de file. Sebastian a lancé le jeu du « choix » avec des questions très intellectuelles, telles que « Vous préférez ne jamais trouver l'amour ou vous marier avec votre âme sœur mais devoir porter tous les jours une veste faite de ses poils pubiens ? » (évidemment, c'étaient obligatoirement des poils pubiens) ou encore « Vous préférez faire pipi chaque fois que vous riez ou avoir les yeux qui sortent des orbites chaque fois que vous éternuez ? » (j'ai choisi le rire pipi).

Pendant le dîner, Sebastian en faisait des tonnes à l'égard d'Anna. Il lui servait à boire et lui passait tous les plats avec une prévenance excessive. Même les adultes échangeaient des regards interrogateurs, ce qui semblait ne pas déranger Sebastian. Ce dernier n'a réagi que lorsque Kane, son frère, lui a demandé en jubilant : « Sebby, Anna c'est ta *copine* maintenant ? » et que Lincoln s'est mis à faire des bruits de bisous. Les jumeaux sont passés du rire aux cris, quand Sebastian leur a fait une prise de cou, ne les relâchant que lorsque leur père a haussé la voix en hokkien.

Quand Sebastian est retourné s'asseoir, Anna et lui ont échangé un regard tellement complice que je me suis sentie de trop.

Malgré tout, c'était agréable de savoir Anna heureuse. Vraiment.

Jeudi 21 décembre

La découverte du jour

Je pense que mes parents sont au bord du divorce.
Source : un article trouvé sur Google après avoir tapé « Comment savoir si mes parents vont divorcer ».

*

À mon avis, mes parents ne traversent pas vraiment de grosses difficultés. Certes, ça m'angoisse de voir qu'ils se disputent beaucoup dernièrement, arrêtant parfois même de se parler. Mais je me dis que ça va passer. Seulement, mon père ne répond toujours pas à mes appels. Quand j'en ai parlé à ma mère, elle s'est contentée de pincer les lèvres et de marmonner que son travail le retenait. Or, je sentais bien qu'elle me cachait quelque chose.

Aujourd'hui, j'ai fini par avoir mon père au téléphone. Il était très joyeux. Au départ, j'ai cru que je m'étais fait des films. Mais quand il a demandé que je lui passe ma mère, elle a répondu qu'elle ne pouvait pas lui parler, alors qu'elle était en train de se mettre du vernis à ongles. Entendre la déception dans la voix de mon père m'a fait un coup au cœur.

Après avoir raccroché, je me suis adressée à Docteur Google, en priant pour que les résultats expriment quelque chose du genre : « Calme-toi, Maisie ! Tes parents s'aiment ! On traverse tous des moments difficiles, ils vont s'en sortir ! » Or, je suis tombée sur l'article suivant : « Huit signes qui montrent que tes parents vont divorcer » (pourtant, je ne vois pas ce qu'il peut y avoir d'*intéressant* à ce sujet). Parmi ces indices, le fait d'éviter de se parler, de passer des heures au travail, de prendre des vacances séparées, de s'apprêter plus que d'habitude…

…

…

…

Cher journal, toi aussi tu penses que mes parents vont divorcer ?

Je sais d'avance ce que tu vas dire : rien.

Je pourrais peut-être demander à Laura. Maman lui raconte tout.

Ou bien demander directement à mes parents.

Non, je ne préfère pas.

Parce que je ne veux pas connaître la réponse. Vraiment pas.

Je vais donc m'en tenir au remède classique d'une ado de seize ans bien dans sa peau : enfouir toutes mes inquiétudes au plus profond de moi-même et me noyer dans l'alcool pour oublier qu'elles existent.

Je rigole ! Je vais me contenter de regarder des films nuls et de m'amuser. Aujourd'hui, par exemple, j'ai regardé *Fast and Furious 5* avec Beamer (je l'avais déjà vu et, jamais je ne lui avouerai, je le trouve vraiment pas mal), puis je me suis traînée jusqu'à la plage avec les autres, non pas une fois, mais *deux*. Évidemment, je ne me suis pas baignée, mais j'étais là. Ce soir, nous avons joué au Monopoly. (Anna a gagné. Elle a vraiment l'esprit de compétition ; comme Sebastian qui, en mauvais perdant, a boudé quelques minutes avant qu'un bisou d'Anna ne lui remonte subitement le moral.)

Quant à moi, aucun tracas. Aucune inquiétude. « *Hakuna Matata* », comme on dit. Aucun souci concernant mes parents, ni Sebastian et Anna, encore moins ma sœur, qui – te l'ai-je dit ? – arrive demain. Tout va bien !

Vendredi 22 décembre

Les trois découvertes du jour

1. *JE RETIRE TOUT CE QUE J'AI ÉCRIT HIER. C'EST L'ANGOISSE TOTALE. ET PUIS, JE SUIS VRAIMENT DANS LE PÉTRIN, COMME ON DIT QUAND ON A QUATRE-VINGT-QUINZE ANS ET QU'ON S'APPELLE GINETTE.*
Source : un appel auquel je ne m'attendais pas.

2. *Ma sœur est la plus grande hypocrite du monde.*
Source : ses actes ne reflètent absolument pas ses paroles.

3. *Les gens ont des opinions très arrêtées sur le ketchup.*
Source : ce genre de débat qui bouleverse des amitiés. Voire des nations.

*

Mon Dieu. Mon Dieu. Mon Dieu.

J'ai l'impression d'être Anakin Skywalker dans *La revanche des Sith*. « Qu'est-ce que j'ai fait ? Qu'est-ce que j'ai faiiiiiiiit ? »

Laisse-moi commencer par le début. Une matinée de plus à la plage. (Au cas où tu te le demandes, je confirme : j'en ai ras le bol de la plage, mais je suis apparemment bien la seule.)

Tout le monde était dans l'eau et j'étais allongée sur le sable, à mijoter dans ma transpiration, comme d'habitude. J'écoutais ma playlist de bandes originales de films (ça me détend, tu comprends) quand, tout à coup, j'ai découvert le visage souriant de Leila au-dessus de moi.

— Salut ma chérie, je savais que c'était toi, a-t-elle dit pendant que je retirais mes écouteurs et me relevais.

Elle a montré du doigt son groupe d'amis, à une vingtaine de mètres plus loin, en insistant pour que je me joigne à eux.

— Mais je ne veux pas m'incruster, ai-je dit.

— Viens ! Tout le monde veut te rencontrer.

Comme elle s'éloignait déjà, je me suis dépêchée de me lever pour la suivre. J'ai jeté un coup d'œil vers Anna, dont la tête flottait hors de l'eau, fait un geste de la main afin d'attirer son attention, puis montré Leila pour qu'elle comprenne que je changeais de place. Elle m'a adressé un signe en retour, j'ai donc supposé qu'elle avait saisi le message.

Les amis de Leila, étendus sur leurs serviettes, formaient un demi-cercle autour d'un paquet de chips et d'un iPhone branché à des enceintes qui diffusaient un morceau de Flume.

— Maisie, je te présente la clique.

Leila a ensuite désigné une fille aux yeux sombres encadrés par des lunettes et aux cheveux bruns dressés sur la tête.

— Voici Jo, la fille la plus intelligente que je connaisse. Un jour, elle changera le monde.

Jo a levé les yeux au ciel, mais m'a souri en me saluant de la main.

Leila a montré un mec au teint pâlot, à la chevelure brune ébouriffée et aux lèvres charnues, appuyé sur son coude près d'une jolie fille aux cheveux incroyablement longs.

— Eux, c'est Will et Hannah ; tellement mignons qu'ils sont énervants. Mais plutôt sympas, si tu arrives à les séparer, a poursuivi Leila.

Will lui a fait un doigt d'honneur et Hannah lui a jeté une chips. Tous les deux m'ont ensuite dit bonjour.

Puis Leila s'est tournée vers la dernière personne du groupe, un type maigre qui portait un chapeau à large bord.

— Et lui c'est Kieron, le fléau de mon existence.

Il a soufflé un baiser à Leila avant de me sourire.

— Je t'en prie, sers-toi, m'a-t-il dit en pointant le paquet de chips du menton.

Leila s'est assise et je me suis agenouillée à côté d'elle.

— Vous arrivez juste à temps pour nous aider à trancher ce débat, a dit Will, la bouche pleine. Faut-il mettre le ketchup dans le frigo ou dans le placard de la cuisine ?

— Euh… dans le frigo ? ai-je répondu.

Will a protesté mais Jo a poussé un cri de victoire.

— Tu vois, je te l'avais dit ! C'est même marqué sur le pot : à *conserver au frais après ouverture* !

— Sachez que ma mère le range dans le placard de la cuisine depuis que je suis né et ça ne m'a jamais fait de mal, a rétorqué Will.

— C'est ce que tu crois, a renchéri Jo.

— N'importe quoi. Pour moi, le ketchup n'a qu'une seule place, a riposté Leila.

Ils l'ont tous dévisagée avec impatience.

— La poubelle !

— C'est vraiment indigne d'une Australienne, ma poule, a dit Will.

— *Ma poule* ? s'est exclamée Leila d'un ton cinglant.

Ils ont alors échangé des insultes à tour de bras, jusqu'à ce que Hannah hausse le ton.

— Ça suffit ! Changement de sujet, s'il vous plaît.

Ce qui les a amenés à parler de la fête « gue-din » qui aura lieu chez Will pour le réveillon de Noël.

— Tu devrais venir, Maisie, m'a lancé Leila. Ce serait génial. Amène les autres aussi.

— Je ne veux pas vous déranger…

— Tu recommences avec ça ! Mais non, tu ne nous déranges pas. Pas vrai, Will ?

Will est resté silencieux.

— Ne t'inquiète pas si ce n'est pas possible, ai-je ajouté.

— Écoute, je ne vais pas te mentir, Maisie. Je ne suis pas d'accord, a dit Will en se caressant le menton.

Hannah lui a donné un coup de coude dans le ventre.

— Quoi ? Ce n'est pas ma faute si cette fille a des idées saugrenues sur le ketchup. Imaginez : je l'invite chez moi et mon ketchup se retrouve mystérieusement dans le frigo. Je ne pourrai m'en prendre qu'à moi d'avoir fait entrer l'ennemi sur mon territoire.

— Ne lui prête pas attention, Maisie. Il fait l'imbécile. Évidemment que tu peux venir, a dit Jo.

— Non, je ne t'autorise pas à dire ça. Tu es des leurs ! D'ailleurs, j'ai décidé de ne plus t'inviter, a renchéri Will en essayant, en vain, de garder son sérieux.

— Tu viendras, hein, Maisie ?

C'était Hannah qui posait la question.

— Bien sûr qu'elle viendra, a lancé Will en gobant une chips. C'était une blague, au cas où vous ne l'auriez pas compris.

Tous les regards étaient braqués sur moi.

— Euh… je vais voir avec mes amis si ça leur dit, ai-je répondu.

Et avec ma mère, ai-je pensé.

— Pas de souci, a rétorqué Will gaiement.

Tandis que j'écoutais leur conversation, qui tournait autour de cette prochaine soirée, en me faisant petite pour qu'ils ne regrettent pas de m'avoir conviée, tout à coup, mon téléphone a sonné. Ne reconnaissant pas le numéro, je pensais ignorer l'appel, mais Leila s'est tournée vers moi.

— Tu ne réponds pas ?

J'ai souri et appuyé sur le bouton vert.

— Allô ?

— Bonjour ! Je suis Janice du concours *Miss Teen Summer Queen*. Je souhaite parler à Maisie Martin.

Merde.

— Euh… c'est elle. Enfin, c'est moi, ai-je dit d'une voix étranglée.

Meeeeeerde.

— Parfait ! Maisie, nous avons bien reçu ta candidature et nous tenions à te féliciter : tu as été sélectionnée. Le concours se tiendra le samedi 6 janvier à l'hôtel Paradise. Tu as jusqu'au 31 décembre, au plus tard, pour t'acquitter des frais d'inscription s'élevant à cent quatre-vingt-dix dollars. L'écharpe est comprise dans le prix !

— Euh…

— Si tu as des questions ou des inquiétudes, n'hésite pas à m'appeler. Tu as mon numéro. On a hâte de te rencontrer le jour J !

— D'accord…, ai-je répondu, avec la tête qui tournait.

— Au revoir. Et joyeux Noël ! a lancé Janice d'une voix guillerette avant de raccrocher.

Tétanisée, je dévisageais mon portable avec horreur.

— Ça va, ma chérie ? a demandé Leila.

J'ai lentement levé la tête pour la regarder, les yeux écarquillés.

— C'était qui ? Tout va bien ?

Qu'est-ce que j'ai fait ? Qu'est-ce que j'ai faiiiiiiiiiiiit ?

— C'était… le concours. Pour me féliciter d'avoir été sélectionnée.

Leila a bondi sur ses pieds en hurlant, puis elle m'a attirée vers elle. J'ai vaguement entendu les autres m'acclamer.

— C'est super ! a-t-elle hurlé en sautant dans tous les sens, ma main encore dans la sienne.

Voyant que je n'étais pas aussi enthousiaste, elle s'est arrêtée et m'a fixée du regard.

— C'est une bonne nouvelle, n'est-ce pas ?

Incapable de parler, je me suis contentée de la regarder. Je ressentais tellement de choses à la fois que j'en étais paralysée. Mon corps, mon cerveau, tout était vide.

— Et si on allait faire un tour, a proposé Leila au bout d'une minute, voyant que je restais plantée là sans bouger.

Passant son bras sous le mien, elle m'a entraînée plus loin. Tandis que nous marchions, j'ai fini par retrouver mes esprits. J'ai alors confié à Leila que je n'arrivais pas à croire qu'on m'ait choisie. C'était forcément une blague, non ? Je ne pouvais pas le faire. Je ne pourrais jamais monter sur scène. Dans une robe du soir. *En maillot de bain.* Je n'avais aucun talent. Ce serait humiliant.

Leila m'écoutait attentivement.

— Pourtant, je pensais que c'était vraiment ce que tu souhaitais, ma chérie, a-t-elle répondu, en douceur.

J'ai avalé ma salive sans rien dire.

Elle a souri et nous avons fait demi-tour pour revenir vers les autres.

— Tu seras formidable, c'est certain. Mais ça ne tient qu'à toi. Réfléchis-y, d'accord ?

J'ai secoué la tête.

— Hors de question que je participe à ce concours.

*

Punaise ! Je vais participer au concours.

Tu te demandes probablement ce qui m'a fait changer d'avis aussi vite, cher journal. Pour être tout à fait honnête, j'ai encore des haut-le-cœur en y repensant. Cet après-midi, il y a eu un élément déclencheur. Devine qui était là quand je suis rentrée de la plage ?

Ce n'est pas une surprise, je t'ai déjà dit qu'elle arriverait aujourd'hui. Eh oui, c'était Eva, ma sœur chérie.

Accompagnée de Bess, sa nouvelle petite amie. Elle a l'air sympathique, a un rire génial et affiche un style pin-up vraiment cool, avec plein de tatouages.

Et le détail qui tue : elle est très grosse.

Je ne dis pas ça avec méchanceté. Simplement, c'est un fait.

Elle est grosse. Comme moi. On l'est toutes les deux !

Tu sais qui ne l'est pas ?

Et *déteste* les gens gros ?

Eva ! Ma sublime sœur chérie. Qui répond aussi au nom de… la femme la plus hypocrite du monde.

Elle était là, toute gentille : « Oh, Maisie, je suis tellement contente de te voir ! Pourquoi tu n'as pas répondu à mes mails ? Je suis si heureuse que tu rencontres enfin Bess, je n'arrête pas de lui parler de toi. Ces vacances vont être géniales, tu ne crois pas ?

Dommage que papa ne soit pas là, mais on pourra partager de super moments entre filles ! »

Et puis, c'était au tour de ma mère d'être émue aux larmes, toute fière, serrant Eva dans ses bras, à croire que ça faisait des années qu'elle ne l'avait pas vue (à peine six mois, en réalité) et embrassant Bess comme une de ses filles, en s'exclamant : « Maintenant que la famille est au complet, les vacances peuvent enfin commencer ! »

C'est alors que mon cerveau a planté.

Sans en prendre conscience, tandis que je les dévisageais, j'ai laissé échapper :

— Oui ! Cet été sera *merveilleux*. Je vais participer au concours *Miss Teen Summer Queen*. Et, qui sait ? peut-être que je vais gagner !

Totalement abasourdies, Eva et ma mère m'ont foudroyée du regard.

Anna semblait perplexe. Bess n'y comprenait rien, la pauvre.

— De quoi tu parles, Maisie ? a demandé Eva.

— Tu t'es inscrite ? a ajouté ma mère.

— Oui, l'autre jour.

— C'est une très bonne nouvelle, Missy-May. Je suis fière que tu aies eu le courage de le faire.

Je sentais bien que ma mère pesait ses mots, mais c'était loupé.

— Qu'est-ce que tu insinues ? ai-je demandé.

Eva et ma mère ont échangé un regard. Anna nous observait avec méfiance. Bess avait l'air perdue.

Eva a fait un pas vers moi et posé sa main sur mon bras. C'était tellement mignon. Tellement prévenant. Tellement faux.

— Tu sais, c'est un concours vraiment difficile. Ce n'est pas grave si tu n'es pas sélectionnée. C'est déjà génial d'avoir proposé ta candidature.

Mon Dieu, je sens de nouveau la rage monter en moi en rédigeant tout ça. Mais ce n'est rien comparé à ce que j'ai ressenti sur le moment. Je voulais la gifler. Mais je ne l'ai pas fait, préférant rétorquer :

— Il se trouve qu'on m'a appelée aujourd'hui et que je participe au concours dans deux semaines. Tu n'es pas la seule à réussir dans la famille, tu vois…

Sur ce, j'ai fait volte-face et je me suis ruée à l'extérieur.

Une fois arrivée à la dune de sable, je me suis assise par terre et j'ai attrapé mon téléphone pour envoyer un message.

Moi : *C'est décidé, je participe. Tu veux toujours faire ma robe ?*

Leila : *Ouiiiiii ! T'es la meilleure !!!*

Samedi 23 décembre

La découverte du jour

Chacun y va de son avis sur ma participation à ce concours.

Source : mes différentes conversations avec les uns et les autres, aujourd'hui. Voir le compte-rendu ci-dessous.

*

Papa : *(Étonné, solidaire par prudence, totalement absent.)* Et moi qui pensais que tu détestais ces choses-là ? Tant que ça te fait plaisir, c'est génial… Non, je ne pourrai pas être là le jour du concours. Désolé, ma chérie. C'est la folie au travail et le trajet est trop long. On en a déjà parlé, c'est pour ça que je ne suis pas avec vous pour Noël. Comment va ta mère ?

Maman : *(Préoccupée, gênée.)* Tu es sûre que c'est ce que tu veux, Missy-May ? Je m'inquiète, c'est tout.

Tu n'es jamais en maillot à la plage. Tu te sens capable d'en porter un sur scène ? Non, non, ce n'est pas ce que je voulais dire. Non, Maisie, je n'ai pas honte. Je veux seulement ton bonheur. Et j'ai peur que tout ça te rende… Bien sûr, si c'est ce que tu veux. C'est vraiment ce que tu désires ?

Laura : *(Solidaire.)* Bravo, Maisie, tu seras fabuleuse ! On fera la fête, comme pour Eva.

Jimmy : *(Solidaire par défaut.)* Je suppose que ton père fera le déplacement, non ? En tout cas, nous, on sera là !

Les jumeaux : *(Déçus.)* On est obligés d'y aller ? Oh non ! On va s'ennuyer à mort.

Anna : *(Inquiète.)* Maisie, tu es sûre de ton coup ? Parce que tu ne te mets jamais en maillot à la plage. Comment tu vas faire sur scène ? Je suis étonnée. Mais ce sera amusant. Si c'est vraiment ce que tu veux.

Sebastian : *(Solidaire ?)* Trop cool, Maise. Tu feras ton imitation des wookiees ?

Beamer : *(Lubrique.)* Ça alors ! Tu es pleine de surprises. Si jamais tu as besoin d'aide pour les changements de costumes, je veux bien me porter volontaire. Hé ! Ne me tape pas !

Leila : *(Enthousiaste.)* J'ai tellement d'idées, ma chérie ! Faut que je prenne tes mensurations. N'aie pas peur, ça va être drôle. Tu seras magnifique. Bon, écoute-moi, tu as encore le temps d'y réfléchir, d'accord ? Quelle est la date limite pour les frais d'inscription ? Le trente et un du mois ? Alors commence à te préparer et si jamais ça t'angoisse trop, il te suffira de les appeler et de leur dire que tu annules ta participation. Mais, hé ! D'ici là, tu seras peut-être à fond. Franchement, je pense que ça va être génial ! Tu verras bien !

Eva : Je ne sais pas ce qu'elle en pense et je m'en fiche. Bess et elle se sont installées dans leur location Airbnb la nuit dernière (ma sœur est trop bien pour le camping, maintenant) et je l'ai évitée toute la journée. On dirait que Bess et elle se sont disputées, parce qu'elles semblaient très tendues quand je les ai aperçues. Seulement, chercher à savoir ce qui s'est passé laisserait croire que je m'intéresse à elle. Sauf que non.

Moi : *(La peur au ventre.)* Bon sang ! Je ne me mets jamais en maillot à la plage. Comment vais-je réussir à en porter un sur scène ?!?!

Dimanche 24 décembre

Les deux découvertes du jour

1. Faire du shopping la veille de Noël, c'est comme atterrir en enfer.

Source : je suis allée acheter des cadeaux « de dernière minute » avec Anna (autrement dit : un cadeau pour Sebastian. Est-ce que ça veut dire que c'est sérieux entre eux ?! Pour ta gouverne, elle lui a acheté un tee-shirt).

2. Soit ma mère est possédée par un extraterrestre, soit elle s'est transformée en robot.

Source : se montrant extrêmement gentille à mon égard, elle accepte que nous allions à une fête ce soir et nous a même acheté quatre bouteilles de panaché à partager. « C'est la seule chose que je vous autorise à boire. Et retour à minuit, dernier carat. » (Lol, bien sûr, maman.)

*

Cher journal, voilà tout ce que j'ai à te raconter pour aujourd'hui. Il est encore tôt, alors qui sait, je ne suis peut-être pas à l'abri d'une nouvelle « découverte » ce soir, pendant la fête, mais je me suis dit qu'il valait mieux écrire avant, car je ne serai sans doute pas en état de le faire plus tard. Pas grave, ma mère sera elle-même trop éméchée pour s'en rendre compte. En effet, Eva et Bess s'occupent des jumeaux, ce qui veut dire que les parents peuvent sortir et « prendre une cuite ». Oublie l'âge minimum pour boire de l'alcool, il faudrait plutôt instaurer un âge maximum. Au-delà de trente-cinq ans, les gens devraient faire preuve de plus de dignité. C'est gênant pour tout le monde.

Lundi 25 décembre

Les deux découvertes du jour

1. *Ça ne vaut pas le coup de manger des crevettes, à moins d'avoir quelqu'un pour les décortiquer.*

Source : mes doigts sales et les dix heures de travail qu'il m'aura fallu avant d'en manger une (d'habitude, mon père s'en charge pour moi).

2. *Adopter le regard de quelqu'un d'autre sur une situation a parfois des conséquences inattendues.*

Source : oh ! là, là ! Il me faut beaucoup plus de place pour ça. Voir ci-dessous.

*

Joyeux Noël, cher journal ! Si tant est que tu fêtes Noël. Pardon, je ne devrais pas tirer des conclusions aussi hâtives sur ta vie.

Me voici de retour dans ma chambre pour faire une sieste (enfin, c'est l'explication que j'ai donnée aux autres). Tout le monde est au bord du coma après le copieux repas du midi, mais moi j'ai le cerveau en ébullition et besoin de vider mon sac avant qu'il n'explose.

Pourtant, je ne sais pas par quoi commencer.

Par la fête, peut-être… Là où tout est parti en sucette ?

Cette fête, c'était du jamais-vu pour moi. D'abord, la maison de Will est *énorme* avec une immense terrasse et une piscine à débordement face à la plage. Ses parents, qui doivent être pleins aux as, étaient là, mais hors de notre vue, calfeutrés à l'étage pendant toute la soirée comme de bons parents pas emmerdants. Devine qui était là aussi ? Toute la population de Cobbers Bay âgée entre seize et dix-huit ans.

On aurait dit une fête digne d'un *teen movie*, avec des gens partout qui boivent dans des gobelets rouges, dansent, s'embrassent, jouent à des jeux à boire… bref ! Les fêtes en réalité ne ressemblent jamais à ça.

Sauf celle-ci. Excepté les gobelets rouges (ils étaient blancs).

Dès notre arrivée, Leila a poussé un cri en courant vers moi, puis elle m'a serrée dans ses bras avant de saluer les autres et de nous montrer rapidement les lieux.

— Pour les boissons, c'est ici et là-bas ; pour manger, c'est par là – cet endroit est trop cool, hein ? – la salle de bains est en bas ; les chambres d'amis aussi, si jamais vous voulez vous changer pour vous baigner, ou autre. À vous de voir, quoi.

— Je ne savais pas que c'était une soirée piscine, ai-je observé.

— Pas nécessairement ! Il se trouve juste qu'il y a une piscine… Ne t'inquiète pas, je ne compte pas me baigner. Pas pour l'instant, en tout cas. Ce serait dommage de gâcher mon look.

Après avoir déposé nos bouteilles dans une des nombreuses glaciaires, Leila nous a présentés à une bande de son lycée dont je n'ai pas retenu les prénoms. J'étais soulagée d'apercevoir Kieron et Jo qui discutaient avec d'autres sur un canapé de jardin en forme de U, près de la piscine.

— Où sont Will et Hannah ? ai-je demandé.

— Euh… ils se changent, a répondu Leila avec désinvolture.

Puis, saisissant mon bras pour se pencher vers moi, elle a chuchoté à mon oreille :

— Lui, c'est Alex, le mec dont je t'ai parlé. Ne le regarde pas ! Ou discrètement. Il est assis à côté de Kieron.

Je lui ai jeté un coup d'œil (en toute subtilité, bien sûr).

— Il est mignon.

Alex avait un nez et un menton plutôt pointus, mais ça lui donnait du charme. Quand Leila nous a présentés, il s'est levé pour nous serrer la main. Leila l'a taquiné en riant. Entre-temps, je me suis assise près de Kieron, qui m'a tendu un verre, et Beamer s'est affalé lourdement à côté de moi. C'est là que j'ai remarqué l'absence de Sebastian et d'Anna.

— Où sont-ils ?

— Je crois qu'ils sont allés *se changer*, a répondu Beamer.

— Mais nous n'avons pas pris nos maillots.

Il m'a alors fixée bizarrement, l'air de dire : « Tu piges ? »

J'ai bu une grosse gorgée de ma boisson et je me suis tournée vers Kieron pour discuter, luttant pour repousser l'image indésirable qui venait de s'immiscer dans mon esprit. Tout se passait bien, jusqu'à ce que Beamer évoque notre pari cinématographique et que Kieron nous interroge :

— Pourquoi perdre votre temps ? The Rock va gagner.

Beamer a poussé un cri de triomphe. Je n'en croyais pas mes oreilles.

— Arnold Schwarzenegger est une légende, ai-je répondu sans parvenir à maîtriser ma voix qui partait dans les aigus.

— C'est quand la dernière fois qu'il a fait un bon film ? a demandé Kieron.

— Peu importe. Les gens les regardent encore aujourd'hui.

— Pfff ! Tu sais, je n'en ai presque vu aucun, à part celui où il crie : « Ce n'est pas une tumeur au cerveau ! »

C'était une très mauvaise imitation d'une scène d'*Un flic à la maternelle.*

— *T'es sérieux ?*

— Et voilà, a lancé Beamer. Regarde, on dirait que la veine sur son front va exploser.

J'ai plaqué ma main sur ma tête, ce qui les a fait rire. Puis j'ai fusillé Beamer du regard avant de me retourner vers Kieron.

— Je te prépare la liste de ses films cultes. Passe-moi ton téléphone.

Kieron m'a dévisagée comme si j'étais folle, mais il a obéi. Beamer, qui riait dans sa barbe, s'est levé pour remplir nos verres.

Kieron observait par-dessus mon épaule ce que je notais sur son téléphone, puis il a regardé Beamer s'éloigner et m'a demandé à voix basse :

— Il se passe quoi entre vous deux ?

— Comment ça ? ai-je répliqué, sans relever la tête.

— Vous êtes ensemble ?

Là, j'ai brusquement tourné la tête.

— Quoi ?! Non ! Beurk.

Kieron a froncé les sourcils.

— Tu rigoles, il est canon !

— *Beamer ?!*

— Oui ! Chut, il revient.

Puis il s'est exclamé tout haut :

— Mince, elle est longue cette liste !

— Elle pourrait y passer la nuit, a rétorqué Beamer en posant nos verres sur la table basse.

Tandis qu'il continuait à réciter à Kieron les titres des films que je lui avais montrés jusqu'à présent (dont *True Lies*, la veille) et qu'il demandait quel film de The Rock choisir ensuite, j'ai fait comme si j'étais encore en train de taper sur le téléphone de Kieron, mais en réalité, j'observais Beamer sans qu'il s'en aperçoive. Comme si j'adoptais un regard neuf sur lui.

Qu'est-ce que j'ai vu ? Oh… juste un mec avec de larges épaules et des biceps qui gagnaient en volume, tandis qu'il dévissait une bouteille ; avec des fesses qui remplissaient joliment son jean quand il s'est baissé pour passer un verre à Leila ; avec des cheveux châtain clair ébouriffés comme il faut ; avec un nez prononcé et des lèvres roses qu'il mordillait sans s'en rendre compte en écoutant Kieron. Enfin, avec des yeux marron foncé, presque noirs dans la lumière du crépuscule quand il a… posé les yeux sur moi.

Merde. J'ai baissé la tête d'un coup. J'avais oublié d'être discrète et je le fixais délibérément. Et il m'avait surprise.

Pire que ça, je l'avais vu me voir.

Kieron avait raison. Beamer est plutôt mignon.

Pour ma défense, je plaide les circonstances atténuantes : tout ce qui s'est passé cette nuit-là est la faute de Kieron.

Je dois te laisser, cher journal, quelqu'un arrive.

*

Oh ! là, là ! La situation devient de plus en plus étrange.

C'est déjà la nuit. Tout le monde est au lit. Cet après-midi… Minute ! Il faut d'abord que je te raconte la soirée d'hier, ne nous emballons pas.

Voici donc les événements de la nuit dernière.

Pendant que nous étions en train de jouer à Action ou vérité, histoire de totalement coller au cliché (ce qui ne nous a pas empêchés de passer un bon moment), Anna et Sebastian ont refait surface, ainsi que Will et Hannah. (« Faut-il que j'aille vérifier où est mon ketchup ? » m'a immédiatement demandé Will.)

Et puis Anna a été mise au défi par un certain Tom de plonger dans l'eau en culotte et soutien-gorge.

— C'est pas sympa, a lancé Jo en ricanant.

— Pas grave, a dit Anna. C'est comme être en maillot de bain.

Elle s'est alors déshabillée devant tout le monde, révélant un soutien-gorge en satin violet et une culotte assortie. Anna avait raison, ça ne dévoilait rien de plus qu'un maillot de bain. J'étais tout de même un peu choquée. À côté d'elle, Sebastian semblait médusé. Il a lancé un regard à Beamer, les yeux écarquillés, comme pour dire : « Je ne rêve pas ? » Beamer affichait la même expression.

Anna a ensuite descendu les marches de la piscine, s'immergeant dans l'eau jusqu'aux épaules avant de faire un tour sur elle-même, un sourire satisfait aux lèvres. Tout le monde l'a applaudie et félicitée. Gravissant de nouveau les marches pour sortir, elle a dit :

— Ça fait vraiment du bien.

— Attrape ! a crié Will en lui lançant une serviette qu'elle a enroulée autour d'elle avant de s'asseoir à côté de Sebastian, sur le fauteuil en face de moi.

— C'est mon tour maintenant. Sebastian, action ou vérité ? a-t-elle demandé en souriant.

— Vérité, a répondu ce dernier en lui rendant son sourire.

— Mmh... Ton premier baiser, c'était avec qui ?

Sebastian a passé sa langue sur ses lèvres, le regard perdu au loin pendant quelques secondes. Dès l'instant où il s'est tourné vers moi, croiser son regard m'a fait l'effet d'un électrochoc. Il m'a alors montrée du doigt en esquissant un grand sourire.

— Maisie Martin.

— Quoi ?! me suis-je exclamée en même temps qu'Anna.

Elle avait quitté Sebastian des yeux et braqué son regard sur moi, interloquée.

— Ne me dis pas que tu ne t'en souviens pas, Maise ! Ça me brise le cœur, a-t-il dit.

Le souvenir de notre « mariage » à cinq ans a refait surface. Eva, qui jouait le rôle du prêtre, l'invitant à « embrasser la mariée ». Nous nous étions alors penchés en avant pour presser nos lèvres l'une contre l'autre avant de nous essuyer la bouche du revers de la main en explosant de rire. Le smack le plus rapide de tous les temps.

Tandis que Sebastian racontait l'épisode aux autres, j'ai levé les yeux au ciel en secouant la tête.

— Du coup, Maisie et moi sommes techniquement mariés, a-t-il conclu.

— Mon Dieu, maintenant que j'y pense, je suis à peu près sûre d'avoir épousé mon cousin à quatre ans, a remarqué Leila.

— Moi je suis marié à ma voisine, a dit Kieron en riant.

— Bon, on continue à jouer ? a protesté Anna. Sebastian, c'est à toi. Tu choisis qui ?

— Hmm…

Il m'a jeté un coup d'œil et mon cœur s'est accéléré, mais finalement, c'est sur mon voisin qu'il a jeté son dévolu.

— Beamer.

— C'est parti.

Comme Beamer avait choisi une action, Sebastian regardait autour de lui pour trouver une idée. Il a observé Anna, puis la piscine, puis de nouveau Beamer avant d'esquisser un petit sourire en coin.

— Pour me voir en caleçon, il suffit de le demander, a fait Beamer.

— Ce serait trop facile. Je veux que tu te mettes à poil.

J'ai failli cracher ce que je venais de boire. Beamer a ri et s'est dirigé au bord de la piscine. Face à nous, il a passé ses mains derrière sa nuque pour retirer son tee-shirt, comme les garçons semblent génétiquement programmés à le faire. Quelques filles et Kieron ont poussé des sifflements flatteurs. J'essayais d'ignorer les sillons de ses muscles qui pointaient vers l'intérieur de son jean.

Il a ensuite retiré ses chaussures puis défait sa braguette et s'est tourné vers la piscine. D'un geste agile, il a enlevé son jean et son caleçon. Pendant une seconde, ses fesses blanches étaient à la vue de tous, avant qu'il ne fasse une bombe dans l'eau. Autour de moi, tout le monde l'acclamait. Puis Will s'est levé et a retiré son tee-shirt.

— Qu'est-ce que tu fais ? a crié Hannah.

— Je ne peux pas le laisser tout seul, a rétorqué Will, les fesses aussitôt à l'air, avant de sauter dans la piscine.

Alex l'a suivi, ainsi que deux autres gars. En un rien de temps, la piscine s'était transformée en soupe à la saucisse.

Tout en riant, Jo et Leila se sont rapprochées de Kieron et moi.

— C'est quoi cette manie masculine de toujours vouloir exhiber sa bite ? a fait Jo.

— Allez, Sebby ! C'est à cause de toi que tout a commencé, a crié Beamer.

Après avoir poussé un grognement, Sebastian s'est levé, un sourire aux lèvres, puis il a retiré son tee-shirt et… oh ! là, là ! je n'osais pas regarder.

Mais je n'ai pas pu m'en empêcher.

— Tu y vas ? ai-je demandé à Kieron.

Malgré tous mes efforts pour prendre une voix normale, elle était beaucoup trop aiguë.

— Non, je suis bien ici.

J'ai entendu un cri. Derrière nous, Anna et d'autres filles, elles aussi en sous-vêtements, ont plongé dans l'eau.

— Je n'ai pas encore assez bu pour ça, a observé Jo en se levant. Vous voulez un autre verre ?

J'ai fait non de la tête. Je me sentais déjà légèrement pompette et ne voulais pas perdre le contrôle de la situation. Kieron s'est levé pour la suivre à l'intérieur, tandis que Leila s'est rapprochée de moi.

— Les fêtes chez Will ne sont pas toujours comme ça, a-t-elle murmuré.

Au même moment, Will est sorti de la piscine et, courant jusqu'à Hannah, l'a agrippée pour sauter avec elle dans l'eau. Elle a poussé un grand cri et, une fois remontée à la surface, le souffle retrouvé, elle s'est mise à l'arroser avec colère avant d'exploser de rire.

— D'habitude, il y a quand même moins de gens à poil, a ajouté Leila.

— J'ai vu plus de pénis en une soirée que dans toute ma vie, ai-je chuchoté.

— J'ai vu celui d'Alex ! Et je crois que le charme est rompu… Quoi ?! Ne me regarde pas comme ça. Tu vois ce que je veux dire : mieux vaut réserver certaines choses à l'imagination. Enfin, ne va pas croire je l'avais imaginé…

Elle a caché son visage sous ses mains et nous avons éclaté de rire.

Une fois calmée, j'ai regardé autour de moi, remarquant de la lumière à une fenêtre du premier étage, derrière les rideaux tirés. Si jamais les parents de Will décidaient de regarder ce qui se passait…

— Ses parents s'en fichent ?

Leila a haussé les épaules.

— Ce ne sont pas des parents comme les autres. Ils sont cool, a-t-elle dit en m'adressant un gros clin d'œil, exactement comme la réplique de la mère de Regina George dans *Lolita malgré moi*.

— J'adore ce film !

Pendant quelques minutes, on a discuté du film, enthousiasmées. Les autres commençaient à sortir de la piscine, ce qui faisait encore beaucoup trop de chair dénudée dans mon champ de vision. J'ai ri nerveusement. Leila a plaqué ses mains de chaque côté de ses yeux pour limiter sa vision périphérique et je l'ai imitée.

— Au fait, t'as réfléchi au concours ? m'a-t-elle demandé en me donnant un petit coup de coude.

J'ai renversé ma tête en arrière sur le canapé, en poussant un gros soupir. Peut-être parce que j'avais un peu bu, peut-être simplement à cause de la drôle de tournure de cette soirée, et aussi parce que je savais que je pouvais lui faire confiance, j'ai enfin avoué la vérité.

— Tu sais quoi ? J'ai vraiment très envie de le faire.

J'ai fait la grimace, regrettant presque de l'avoir dit.

— Yeeeeesss ! C'est ça que je voulais entendre. Tu ne vas pas le regretter.

— Pas si sûr. Vouloir le faire, c'est une chose. Je ne vois simplement pas comment je vais y arriver.

— On va y travailler. Fais-moi confiance. Grâce à moi, tu te sentiras magnifique.

J'ai ricané.

— J'ai peur, Leila, ai-je confessé d'une petite voix.

Pour me réconforter, elle a posé sa main sur mon bras.

— C'est comme ça qu'on sait que quelque chose vaut la peine.

Beamer a choisi ce moment pour réapparaître, une serviette nouée autour de la taille, le torse nu couvert de gouttelettes et les cheveux qui pointaient dans tous les sens. Il s'est assis sur le canapé, sa tête à quelques centimètres de la mienne.

Je me suis redressée puis inclinée vers l'avant.

— Bon sang, enfile quelque chose, Beamer !

— Je vais voir où sont passés les autres, a lancé Leila ; puis elle est partie avant même que je ne m'en rende compte.

Jetant un coup d'œil autour de nous, j'ai pris conscience que tout le monde était à l'intérieur, à l'exception de quelques personnes qui discutaient calmement de l'autre côté de la piscine et d'un couple qui s'embrassait dans un coin. Sebastian et Anna s'étaient volatilisés. J'allais me lever pour rejoindre Leila dans la maison quand Beamer a posé son bras sur mon épaule.

— Hé, Maisie Martin.

Il affichait un sourire nonchalant.

— Oui, casse-pieds ? ai-je répondu sans vouloir relever que mon cœur s'était mis à battre plus fort et que ma gorge était devenue toute sèche quand je l'ai regardé dans les yeux.

— Action ou vérité ?

J'ai levé les yeux au ciel.

— Le jeu est terminé.

— Je n'ai pas eu droit à mon tour. Et j'ai quelque chose à te demander.

— Tu n'en as pas assez de mes secrets ?

— Oh, non ! Et tu peux toujours choisir une action.

J'ai froncé les sourcils.

— Va pour une action.

— Je te mets au défi de..., a-t-il annoncé en esquissant un grand sourire et en appuyant chaque mot par une pression douce sur mon épaule, ... m'embrasser.

J'ai poussé un cri moqueur et secoué la tête en m'écartant de lui.

— Je savais que tu ne le ferais pas, a-t-il ajouté.

J'en profite pour rappeler que ce qui s'est produit ensuite est entièrement la faute de Kieron. S'il n'avait pas éveillé en moi l'idée que Beamer pouvait être autre chose qu'un emmerdeur, je ne l'aurais jamais fait.

J'en suis à peu près sûre.

Je l'ai fait.

Je me suis tournée vers lui et me suis jetée sur lui, enfin sur sa bouche… Il s'est d'abord figé, puis ses lèvres se sont mises à bouger contre les miennes. Ses mains caressaient mon dos de haut en bas, mes épaules, mon cou, avant de glisser dans mes cheveux. J'ai pris son visage dans mes mains, sans rompre notre baiser. Je ne pensais plus à rien, juste au fait qu'il était bien plus adroit que ce que j'attendais de lui. Évidemment, je ne m'attendais à rien… sinon ça voudrait dire que j'y avais déjà pensé. Je jure que ce n'est pas le cas. En revanche, j'aurais plutôt eu tendance à imaginer un horrible rouleau compresseur comme Ryan Rodriguez, que j'ai embrassé en troisième derrière un hangar.

En ce qui concerne la langue de Beamer… je ne vais pas rentrer dans les détails parce que ce serait sans doute beaucoup moins torride que la réalité, mais disons simplement que ce n'était pas un rouleau compresseur.

Attends, je viens de dire que c'était torride ?

Oui. Oui je l'ai dit.

Parce que oui – oh oui ! –, ça l'était.

Qu'est-ce qui ne tourne pas rond chez moi ?

Au bout d'un moment, sans que je puisse dire depuis combien de temps nous nous embrassions, Beamer a eu un mouvement de recul. Il a plongé son visage entre ses mains et poussé un grognement de mécontentement.

Pendant quelques secondes, je n'ai pas bougé, sous le choc, le regard vissé sur son dos.

— Si tu ne voulais pas m'embrasser, il ne fallait pas me le demander, ai-je lâché avant de me précipiter à l'intérieur de la maison.

Il a crié mon nom, sans me suivre. Je ne me suis pas retournée.

Mardi 26 décembre

Les deux découvertes du jour

1. *Ne jamais s'opposer à Leila dans un magasin de tissu.*

Source : nous nous sommes rendues dans un immense entrepôt. Et elle savait ce qu'elle voulait.

2. *Je comprends enfin pourquoi les gens prennent plaisir à s'embrasser pendant un film.*

Source : ;) ;) ;)

Ah, *Boxing Day*[1], un jour qui ne réserve que deux activités possibles : regarder le match de cricket ou faire les soldes. Bienvenue en enfer.

— Et si on faisait les magasins avec ta mère et les autres ? a suggéré Anna ce matin.

Celles-ci avaient prévu d'aller au centre commercial. Moi, j'avais déjà rendez-vous avec Leila.

1. Jour férié célébré le 26 décembre dans de nombreux pays anglophones.

— Désolée, je pensais que tu passerais la journée avec Sebastian.

Elle a fait la grimace.

— Il regarde le match de cricket.

— Tu veux venir avec nous ?

Anna a réfléchi quelques secondes.

— Non… Je ne veux pas vous déranger.

Je lui ai expliqué que ce ne serait pas le cas, mais elle a préféré décliner.

— T'inquiète pas, j'essaierai de faire comprendre à Seb qu'il y a des choses plus intéressantes que le cricket. Ça ne devrait pas être si compliqué.

J'ai alors repensé à ce que m'avait glissé ma mère la veille, tandis que je l'aidais à préparer la salade du repas de Noël :

— Qu'est-ce qui se passe entre Anna et toi ?

— Quoi ? Rien.

— On dirait que… quelque chose ne va pas. Elle passe beaucoup plus de temps avec Seb qu'avec toi. Je pensais que…

— Tout va bien, maman.

Vraiment ?

J'ai repoussé cette pensée. Bien sûr que tout allait bien.

*

Leila m'avait promis que le déstockage d'un magasin de tissu n'avait rien d'infernal, que c'était plutôt le paradis. Sans aller aussi loin, je dois reconnaître que ce n'était pas l'enfer, ni même le purgatoire. C'était juste… amusant.

Certes, il y avait des gens partout et l'endroit était très désordonné, mais à travers le regard de Leila, c'était comme une chasse au trésor. Et elle savait parfaitement où chercher.

— Ça ! Ça c'est *parfait*, enfin quelque chose de divin ! s'est-elle exclamée en levant le rouleau d'un tissu léger et lumineux au motif fleuri.

J'ai tendu la main pour toucher la matière.

— Pas mal, mais…

— Il n'y a pas de mais qui tienne ! C'est parfait, je t'assure.

— Mais…

— Qu'est-ce que je viens de dire ?

— D'accord, m… regarde, et celui-ci ? Ça irait mieux sur ma peau, tu ne crois pas ?

Je lui montrais un rouleau de tissu noir.

— Non, je ne crois pas. C'est *celui-ci* qui serait sublime sur toi. Tu ne pourras pas te cacher derrière du noir toute ta vie, tu sais. Et je ne veux pas entendre parler de bleu marine.

Elle a pris le rouleau pour l'apporter à la caisse mais elle s'est interrompue et m'a regardée par-dessus son épaule.

— Attends, je suis désolée, ma chérie. Si le tissu ne te plaît pas, j'en trouverai un autre. Tu peux m'envoyer promener si je vais trop loin.

Examinant de nouveau le tissu, j'ai souri en le touchant.

— Tu sais quoi ? C'est toi l'experte. Va pour celui-ci.

Elle a esquissé un grand sourire.

— Tu ne le regretteras pas !

— Ça, c'est toi qui le dis. Sache que je regrette beaucoup de choses.

— Comme quoi ?

Elle ne m'écoutait pas vraiment puisqu'en même temps, elle indiquait à la vendeuse la quantité de tissu qu'elle voulait.

— Comme d'avoir embrassé Beamer.

Là, j'ai tout de suite obtenu son attention.

— Quoi ?! Pendant la fête ?! Je le savais. Je *savais* qu'il se passait un truc entre vous deux. J'avais senti une attirance. Pourquoi tu crois que je vous ai laissés tranquilles ? D'ailleurs, tu peux me remercier. Mais… pourquoi tu le regrettes ?

— Parce que c'est *Beamer* ! Et puis tu te trompes, il ne se passe rien entre nous. On se déteste.

Elle m'a regardée de travers.

— Je te jure ! La seule chose qui lui plaît, c'est de me pousser à bout.

— Et de t'embrasser, a-t-elle ajouté en faisant un clin d'œil. Tu peux me croire, ma chérie, c'est comme ça qu'ont commencé toutes les plus belles histoires d'amour. Pense à Pocahontas et John Smith. Ou… Han Solo et la princesse Leia. Qui aime bien châtie bien.

Je n'ai pas répondu tout de suite parce que je devais payer le tissu (avec l'argent reçu à Noël, ma mère m'ayant glissé : « J'ai pensé que tu pourrais t'acheter quelque chose pour le concours… Et si on faisait du shopping ensemble ? », comme si j'étais prête à me soumettre volontairement à cette torture). Ainsi, j'ai pu réfléchir à ce que Leila venait de me dire.

Beamer *flirtait*-il avec moi ? Pire encore : est-ce que je flirtais avec lui ?

J'ai vu défiler une succession d'images dans ma tête : Beamer qui tire sur mes bretelles de maillot de bain, qui fait une bombe dans l'eau pour m'éclabousser, qui me taquine ; moi qui lui dis de la fermer, qui le tape, qui lui demande de me laisser tranquille ; Sebastian et moi en train de nous « marier », de jouer ensemble, moi qui lis sa poésie, mon cœur prêt à exploser rien qu'en étant à côté de lui, voyant son sourire… Non ! Il n'y a vraiment *rien* entre Beamer et moi. Mon Han Solo, c'était Sebastian. L'incident avec Beamer, c'était juste à cause de ce que Kieron avait dit. Ça avait attisé ma curiosité, point à la ligne. J'ai donc tout expliqué à Leila.

Sauf que :

— Ça s'est reproduit hier.

— Quoi ?! Dis-moi tout !

Alors, je lui ai raconté. Et je te dois aussi une explication, cher journal.

Tu te souviens quand j'ai dit que quelqu'un arrivait ? C'était Beamer.

J'avais passé la journée à l'éviter, beaucoup plus que d'habitude. La nuit d'avant, après l'avoir quitté précipitamment, je m'étais ruée vers Anna pour lui annoncer que je voulais rentrer à la maison avant que ma mère ne pète un plomb. Malgré ses protestations, j'avais réussi à la faire partir sans attendre les garçons, n'étant absolument pas prête à affronter ce qui venait de se produire avec Beamer.

Nous avons ensuite passé le jour de Noël en famille… à l'exception de papa, bien sûr. Lui, je l'ai appelé sur

Skype, il a dit que nous lui manquions terriblement, mais que Mamie était contente de pouvoir « enfin fêter Noël avec un proche », profitant d'une nouvelle occasion de se plaindre du fait que nous passions chaque année les fêtes de fin d'année loin d'elle. J'ai passé notre père à Eva, mais elle a raccroché une fois leur conversation terminée, sans même proposer à maman de lui parler. Je crois qu'ils ne communiquent plus depuis qu'on est arrivés ici. Pourtant, ma mère m'a offert une carte (avec de l'argent en guise de cadeau) et celle-ci était signée de « Papa et Maman », ce que j'interprète comme la preuve qu'ils sont encore ensemble et ne vont pas divorcer. En théorie, du moins. Tant qu'ils ne m'auront pas dit le contraire, je m'en tiendrai à cette certitude.

À midi, comme tous les autres jours, nous avons fait un barbecue sur la terrasse des Lee avec, d'un côté, les enfants qui jouent et, de l'autre, les adultes qui boivent, mais pour l'occasion, dans des tenues chics et inconfortables qui donnent chaud. Au moins, et c'est ce qui compte le plus, nous sommes beaux sur les photos.

Sebastian et Anna ont échangé leurs cadeaux ; il lui a offert un parfum, ce qui m'a un peu étonnée. Mais pas autant que lorsqu'il s'est tourné vers moi en me tendant une petite boîte emballée dans du papier rouge vif. J'ai protesté en lui avouant que je n'avais pas de cadeau pour lui, ce à quoi il a répondu : « Ne t'inquiète pas, Maise. C'est de la part de Beamer et moi. Rien d'incroyable. » J'ai alors déballé mon cadeau en évitant de croiser le regard de Beamer, non loin de là. Quand j'ai découvert qu'il s'agissait d'une petite figurine Terminator, mon cœur a fait un bond.

— Merci ! Vous n'auriez pas dû, ai-je lancé à Sebastian qui m'a adressé un clin d'œil.

J'ai ensuite jeté un coup d'œil à Beamer et ajouté : « Merci à tous les deux », avant de m'éloigner à la hâte vers la cuisine pour aider ma mère.

Le reste de la journée, Beamer a essayé plusieurs fois de me parler mais bizarrement, j'étais toujours très occupée. Il fallait *absolument* que j'aide ma mère et Laura à préparer à manger ; j'ai *aussi* dû jouer à la raquette avec Kane et Lincoln et poser des questions sur le cricket à Jimmy pendant une bonne demi-heure. À un moment, je me suis même retrouvée entre Eva et Bess. C'est dire si la situation était désespérée.

Eva s'évertuait à en faire beaucoup trop : « Cette robe est magnifique sur toi, Maise » ou « C'est toi qui as fait ces truffes au rhum ? Elles sont délicieuses » ou encore « Bess, Maisie adore le cinéma ».

— Tout le monde aime le cinéma, ai-je rétorqué en gobant deux cerises afin de mettre fin à la conversation.

Mais Eva n'était pas du genre à abandonner facilement.

— Pas comme *toi*.

— Quel est ton film préféré ? a demandé Bess.

— Je n'en ai pas, ai-je répondu en mastiquant.

— Ah bon ?

— Et *Dirty Dancing*, alors ? a lancé Eva avec un petit sourire en coin qui me donnait envie de lui cracher les noyaux à la figure.

Je suis toutefois restée digne (vu que c'était Noël), les crachant dans une serviette avant de changer de sujet.

— Au fait, Bess, j'adore ton maquillage, ai-je lancé, alors que je n'avais pas prévu de lui dire quoi que ce soit.

Aux grands maux les grands remèdes, comme on dit. En plus, son maquillage était vraiment réussi.

Bess m'a remerciée et a ajouté :

— Le tien aussi est magnifique. Ou plutôt *Maisie-fique*, hein ?

Je l'ai dévisagée, les yeux écarquillés.

— T'as compris ? Maisie… *Maisie-fique*…

— Ah ou ! ai-je répondu. Euh… merci.

Puis un silence gênant s'est installé.

— Il se trouve que Bess est maquilleuse, a ajouté Eva.

— Ce n'est pas vraiment mon métier, a protesté Bess. Je suis autodidacte. C'est juste pour m'amuser.

— Ne sois pas modeste. Tu es une *artiste.*

Pour une fois, j'étais d'accord avec Eva, mais je n'allais pas lui donner la satisfaction de l'admettre tout haut. En définitive, je ne suis pas si complaisante que ça, même à Noël. Heureusement, Laura s'est assise à côté de nous pour manger sa part de pavlova, me sauvant la mise. Je n'avais plus à continuer cette conversation.

— Dis-moi Eva, a-t-elle prononcé entre deux bouchées, comment vous vous êtes rencontrées, Bess et toi ?

Eva a regardé Bess en souriant affectueusement.

— J'ai lu un texte que Bess avait publié en ligne.

— Je fais des études de journalisme à la fac, a précisé l'intéressée. J'essaie donc de publier un maximum d'articles avant d'obtenir mon diplôme l'année prochaine.

— Comme j'ai vraiment aimé ce qu'elle écrivait, je l'ai trouvée sur Twitter et on a échangé des messages. Puis on s'est rencontrées autour d'un café et ça a été le coup de foudre.

Elles se regardaient toutes les deux en souriant. On aurait dit que des petits cœurs de dessin animé allaient jaillir de leurs yeux.

— Telle mère, telle fille, comme on dit ! a remarqué Laura.

— Parce que mon père est journaliste ? a demandé Eva.

— Entre autres. Mais surtout parce que ta mère est tombée amoureuse de lui en le lisant.

— Ah bon ? Je croyais qu'ils s'étaient rencontrés au bar de l'université.

Laura a ri.

— Oui, mais au départ ta mère n'était pas intéressée. Alors ton père a trouvé notre adresse et il déposait des lettres d'amour dans la boîte aux lettres. Plein de poèmes et d'autres écrits à l'eau de rose. Finalement, ça a marché.

Ma mère, qui venait de faire son apparition, a levé les yeux au ciel.

— Il était tellement casse-pieds.

Mais elle affichait un petit sourire. Un sourire froissé, certes, mais bien réel.

— Papa, poète ?

Je n'en croyais pas mes oreilles.

— C'est fou.

Ça laissait Eva tout aussi perplexe.

— Et vous auriez dû voir ce qu'il lui envoyait quand ils ont commencé à sortir ensemble, a ajouté Laura qui s'était levée pour ramasser les bols vides. C'était coquin. Tu te souviens de ce qu'il…

— Ça suffit !

Pour rire, ma mère a donné à Laura une claque sur les fesses, tandis que cette dernière s'éloignait vers la poubelle, un torchon à la main. Comme je voulais en savoir plus, je me suis levée pour la suivre, mais j'ai fait immédiatement demi-tour en repérant Beamer qui jetait son assiette en carton. Dès qu'il a croisé mon regard, il s'est dirigé vers moi.

— Bon, il est tard et je suis fatiguée. Je vais faire une sieste.

Je me suis alors dépêchée de rejoindre notre bungalow avant même qu'on ne me réponde.

Comme tu t'en doutes, je n'ai pas vraiment fait la sieste. J'ai écrit pendant un long moment pour vider mon sac. Jusqu'à entendre glisser la porte coulissante du bungalow et que quelqu'un vienne frapper à ma porte.

— Maisie ? Je peux entrer ?

J'envisageais de ne pas répondre. Mais connaissant Beamer, il aurait sans doute insisté. J'ai même pensé à m'enfuir par la petite fenêtre avant de m'en dissuader, craignant de me retrouver coincée comme dans une mauvaise comédie (ou pire, comme dans un film d'horreur).

— Salut, a-t-il dit en ouvrant la porte.

— Qu'est-ce que tu veux ?

— Je, euh…

Il s'est raclé la gorge, puis il est entré la chambre.

— Je pense qu'on devrait parler… d'hier soir ?

— Qu'est-ce que tu veux dire de plus ? On était ivres, ce n'est pas un drame.

J'ai cru voir cinq émotions différentes passer successivement sur son visage, mais je n'arrivais pas à les identifier. Il a soupiré.

— Maise…

Plusieurs fois, il a ouvert et fermé la bouche, comme si sa phrase n'arrêtait pas de changer. J'ai eu alors une brève vision de la nuit précédente, de sa bouche sur la mienne, mais je l'ai aussitôt refoulée.

— Crache le morceau ou va-t'en, ai-je lâché brusquement.

Il a froncé les sourcils.

— C'est quoi ton problème ? a-t-il demandé.

— Mon problème ? *Mon* problème ?! Entre autres choses, le fait que tu m'aies défiée de t'embrasser et qu'une fois que…

— Je ne pensais pas une seconde que tu le ferais, a-t-il dit d'une voix qui partait dans les aigus.

— Eh bien, je suis désolée pour toi, ai-je rétorqué avec sarcasme.

— Non, ce n'est pas ce que je voulais dire. En fait, je… je ne sais pas ce que je voulais dire.

Il s'est assis sur le lit, l'air frustré. J'ai croisé les bras, encore debout.

— De toute façon, comme je l'ai déjà dit, ce n'est pas un drame.

Le vibreur de mon téléphone nous a interrompus. C'était mon père.

— Allô, papa, tout va bien ?

— Salut mon Eminem ! Ouais, ça va, je suis toujours chez ta grand-mère. C'était bien le repas ?

— Pas trop mal. Sauf quand j'ai dû éplucher mes crevettes.

Il a ri.

— Désolé de ne pas avoir été là. Je t'appelle pour savoir si ta mère est dans les parages ? Son téléphone est éteint, je n'arrive pas à la joindre. Je n'ai pas eu l'occasion de lui parler ce matin.

— Je ne suis pas avec elle, là. Je vais la chercher.

— Pas la peine, ma puce, je réessaierai plus tard. Je t'aime.

Il a raccroché sans attendre ma réponse. J'ai senti un gros pincement au cœur, si gros que j'ai dû m'asseoir sur le lit, les larmes aux yeux. Mes parents allaient-ils un jour se reparler ?

— Qu'est-ce qui ne va pas ? a demandé Beamer doucement.

J'ai poussé un long soupir et secoué la tête.

— Pourquoi je n'arrête pas de pleurer devant toi ? J'avais la voix qui tremblait et je redoublais d'efforts pour ne pas sangloter.

— Je fais toujours cet effet aux femmes.

J'ai ricané.

— Je viens d'avoir mon père. J'aimerais juste… qu'il soit là. C'est tellement bizarre en ce moment entre mes parents. J'ai l'impression… que ce n'est pas bien d'être ici sans lui. Comme si ce n'était pas vraiment Noël. C'est bête de ma part, j'imagine.

— Mais non, a répondu Beamer en se rapprochant légèrement de moi. Tu sais, j'ai failli ne pas venir cette année. Je me suis toujours senti coupable d'abandonner ma grand-mère à Noël mais, tous les ans, elle insiste pour que je vienne. En plaisantant, elle dit que ça lui fait aussi des vacances. (Il a ri.) Seulement, Cal, ma sœur, vit à Londres maintenant et n'a pas pu rentrer. Ma grand-mère n'est pas en forme… même si elle ne le reconnaîtra jamais. Mais elle préfère savoir que je m'amuse. Et puis, elle en a marre aussi de voir ma sale tête tous les jours. (J'ai souri en percevant de la tendresse sur son visage.) Je me sens coupable, mais c'est comme ça.

— Elle ne te pousserait pas à venir si elle voulait vraiment que tu restes, non ?

— Ma grand-mère nous fait toujours passer en premier. Mais je m'inquiète pour elle, j'aimerais savoir ce qu'elle veut vraiment, ce dont elle a besoin, tu comprends ?

Puis il s'est levé et s'est mis à arpenter la chambre.

— Je n'aurais pas dû venir.

— Tu lui as parlé aujourd'hui ?

— Oui, elle prenait l'apéro avec des amis.

— Tu vois ! Elle passe du bon temps sans toi.

Ça l'a fait rire. Au bout d'un moment, il a fait un pas vers moi, avant de se raviser, semblait-il, et de faire demi-tour, puis il a de nouveau tourné sur lui-même pour venir s'asseoir sur le lit. Ce qu'il a prononcé ensuite est sorti d'un trait :

— Bon, j'ai repensé à hier, et, euh… je me disais qu'on pourrait peut-être recommencer ?

J'ai mis un peu de temps avant de saisir ce qu'il venait de dire.

— Quoi ?!

Beamer a ravalé sa salive et pris une inspiration, puis il s'est penché en arrière pour s'appuyer sur son coude.

— Comme Seb et Anna…, a-t-il commencé à dire en détournant le regard. Tu vois, pourquoi pas ? On va avoir beaucoup de temps libre, et on ne peut pas faire que regarder des films avec The Rock… même si ça ne me dérangerait pas, tu sais, mais… (raclement de gorge) c'était sympa. Hier soir, j'veux dire. C'était vraiment sympa. Pourquoi ne pas continuer ?

— Tu veux dire, être un peu plus qu'amis ?

Il s'est frotté le menton.

— Euh… ouais, ça doit être ça. Enfin, si tu veux bien.

— Pourquoi ? Enfin, pourquoi moi ?

— Je…

Il regardait autour de lui. Ce qui était absurde vu qu'on était seuls.

— Et quelles seraient les règles ?

Posant les yeux sur moi, il a penché la tête sur le côté. Un petit sourire éclairait son visage.

— Tout ce que tu voudras, Maisie Martin.

Et en l'entendant dire ça, j'ai eu envie de l'embrasser de nouveau. Je sentais comme une boule de chaleur au fond de mon ventre, un désir insatiable jamais ressenti auparavant. En tout cas, vis-à-vis de Beamer.

Alors, pour la deuxième fois en si peu de temps, je me suis pendue à son cou et j'ai scellé mes lèvres contre les siennes.

Quand nous nous sommes écartés, j'ai dit :

— Ne va pas croire qu'on est amis, maintenant.

Il a esquissé un grand sourire et, avec sa désinvolture habituelle, m'a répondu :

— Jamais je ne penserais une chose pareille, Maisie Martin.

*

Le verdict de Leila ?

1. Je lui plais beaucoup.
2. Suis-je vraiment certaine qu'il ne me plaît pas ?
3. Elle a hâte de connaître la suite.

Je lui ai répondu que :

1. Non.
2. Oui (je suis certaine). Non (il ne me plaît pas).
3. Moi aussi, pour être honnête.

À vrai dire, tout ça est bizarre. C'est *Beamer*. Mais tant que je ne me prends pas trop la tête… pourquoi me priver d'un peu de bon temps ?

Surtout avec toutes ces choses qui me préoccupent. Comme mes parents. Comme le fait d'avoir accepté de défiler devant une foule de gens et d'être jugée sur mon apparence dans moins de deux semaines.

Parfois, je m'interroge vraiment sur ma capacité de discernement.

*

Quand je suis rentrée de ma virée shopping avec Leila, Anna m'a sauté dessus.

— Maise, te voilà enfin ! Les garçons ont passé *toute la journée* devant le match de cricket ; je me suis vraiment ennuyée. Ça te dit qu'on fasse quelque chose ce soir ?

Beamer s'est glissé à ses côtés.

— On n'a pas dit qu'on regardait *Agents presque secrets* ?

Anna a levé les yeux au ciel.

— Sérieux ?

— Pas d'obligation, ai-je rétorqué en jetant un coup d'œil à Beamer.

J'ai fait mine de ne pas relever la façon dont il tapotait sa poitrine de la main pour mimer un cœur brisé.

À ce moment-là, Sebastian est arrivé derrière Anna. Il l'a prise dans ses bras avant de se blottir dans le creux de son cou. Le jus de fruits que j'avais bu plus tôt a menacé de faire le chemin inverse.

Ma mère est sortie en trombe de sa chambre, traversant le salon à la hâte jusqu'à la porte.

— Ah, Maisie, comment s'est passée ta journée ? Super ! Laura et moi allons voir le dernier Nicholas Sparks au cinéma. Vous êtes sûrs que vous ne voulez pas venir ? Très bien. Jimmy prépare le dîner pour les jumeaux, si vous voulez, sinon il y a de la pizza au congélateur. Ne mettez pas le feu à la maison, c'est tout ce que je vous demande.

Sur ce, elle a disparu.

Je me suis tournée vers les autres. J'hésitais à renvoyer Sebastian et Beamer afin de rester avec Anna en tête à tête au bungalow, quand elle a dit :

— Pourquoi pas, finalement. Une pizza devant un film nul, c'est cool aussi.

Je suis restée dubitative face à ce revirement. Jusqu'à la moitié du film. Alors qu'on venait de terminer le fromage plastifié goût carton (la pizza surgelée), Anna et Sebastian ont disparu dans notre chambre, en prenant soin de refermer la porte derrière eux.

La nausée menaçait de nouveau. Poussant un soupir, je me suis rendue dans la kitchenette pour remplir mon verre.

— Tu veux boire quelque chose ? ai-je demandé à Beamer par-dessus mon épaule.

— Je veux bien.

Lorsqu'il a voulu récupérer son verre, nos doigts se sont frôlés. J'ai alors pris conscience que nous étions seuls. Tous les deux. Dans la pénombre. Oh ! là, là ! Fallait-il que je l'embrasse ? Comment ça marchait, exactement ? Le voulait-il ? Et *moi*, en avais-je envie ?

Ces questions défilaient dans ma tête quand je me suis assise sur le canapé, loin de lui. J'ai replié mes jambes contre moi, un coussin serré sur mon ventre et les yeux rivés à l'écran. Je sentais les poils de ma nuque se hérisser sous le regard appuyé de Beamer. J'ai tourné la tête vers lui, juste à temps pour le voir détourner rapidement les yeux. Je me suis autorisée à l'observer quelques instants. Ses cheveux ébouriffés paraissaient très soyeux et l'envie d'y glisser mes doigts me démangeait. Du coup, je maintenais fermement ma main posée à côté de moi, le regard de nouveau braqué sur la télé.

Quelques minutes plus tard, j'ai encore senti qu'il me scrutait. J'ai tourné la tête et, une fois de plus, il a détourné la sienne, mais cette fois, il riait, visiblement mal à l'aise. Il s'est mordillé la lèvre, puis m'a jeté un autre coup d'œil. Nos regards se sont croisés. Entre nous et dans toute la pièce, l'atmosphère était électrique. J'avais des frissons. Mon corps entier n'en avait que pour Beamer. Il a passé sa langue sur ses lèvres en observant les miennes. Mon cœur faisait des bonds dans ma poitrine. Lentement, veillant à chacun de ses mouvements comme s'il craignait de m'effrayer en bougeant trop vite, il a glissé vers moi. Une fois l'écart entre nous réduit à son minimum, il s'est arrêté, a plongé son regard dans le mien. J'ai dégluti péniblement, tandis qu'il posait sa main sur mon visage, caressant ma joue avec son pouce.

Au bout de cet instant qui m'avait paru insoutenable, il a finalement effacé tout espace entre nos lèvres. Notre baiser, d'abord lent et doux, est ensuite devenu plus ardent. Je laissais mes mains faire ce qu'elles voulaient : glisser sur sa nuque, tirer sur ses cheveux, le forcer à se rapprocher de moi. Ça ne suffisait pas.

Sans rompre notre étreinte, je l'ai poussé en arrière, contre le canapé, m'installant à califourchon sur lui. Il a poussé un grognement de plaisir irrésistible. Le coussin qui se trouvait sur mes cuisses étant encore entre nous, il l'a retiré pour que nos corps se rencontrent. Quand ses mains ont parcouru la peau de mon ventre, j'ai eu un mouvement de recul instinctif, le souffle haletant. Nos visages étaient encore tout près l'un de l'autre. Il avait le regard flou, penché vers moi, la bouche ouverte formant un demi-sourire. Il m'embrassait dans le cou, jusqu'à la bouche. J'ai fermé les yeux, intimant à ma gêne de disparaître, me forçant à m'abandonner sous ses baisers. Sous ses caresses. Sous… Stop. C'est tout, cher et obsédé journal.

Enfin, je veux bien te souffler la vérité : nous n'avons pas eu l'occasion d'aller plus loin, car la porte de la chambre s'est ouverte. À ce moment-là, je me suis levée d'un coup pour m'écarter et, au passage, j'ai renversé mon verre par terre. J'ai alors pris la serviette en papier des pizzas pour essuyer le sol, le regard baissé. J'avais l'impression d'avoir le visage en feu. Beamer a pouffé de rire. J'ai levé la tête au moment où Sebastian s'installait sur le canapé. Anna n'était pas là, mais j'entendais l'eau qui coulait dans la salle de bains. Vu l'impassibilité qu'affichait Sebastian, il n'avait rien vu. C'est du moins ce que j'espérais.

— Le film n'est pas encore terminé ? a-t-il constaté.

Beamer s'est contenté de pousser un grognement.

— T'as besoin d'aide, Maise ? a-t-il ajouté.

— Non, ça va.

En me redressant, j'ai remarqué que les cheveux de Beamer pointaient dans tous les sens, bien plus que d'habitude. Merde.

J'ai jeté la serviette trempée à la poubelle, puis mis de l'eau à chauffer pour faire du thé, histoire de me donner une contenance. Quand Anna est sortie de la salle de bains, elle s'est assise par terre face à Sebastian et a posé la tête sur ses genoux.

— C'est pas encore fini ? a-t-elle demandé, ce qui a fait rire Sebastian.

Comme si de rien n'était, Beamer s'est exclamé :

— Maisie Martin, ramène tes fesses, tu vas louper le meilleur moment.

J'ai pris une profonde inspiration et je suis revenue m'asseoir avec eux. Seulement, je n'arrivais plus du tout à suivre l'action.

Après le départ des garçons, j'ai reçu un message de Beamer : *Bravo pour ta tentative de sabotage, Maisie Martin. J'espère que mon film sera quand même noté avec objectivité. Et que je recevrai des points en plus pour l'entracte.*

Pendant que nous échangions quelques messages, je me suis surprise à sourire. Mais la voix de Leila a retenti dans ma tête : « Il est à fond sur toi ! Et il te plaît aussi, hein ?! », alors j'ai regardé ce que j'étais en train de lui écrire. Qu'est-ce qui m'arrivait ? J'ai tout effacé sans appuyer sur « envoyer », puis j'ai posé mon téléphone.

Mercredi 27 décembre

Les deux découvertes du jour

1. Mon père ne répond plus du tout au téléphone. Il n'évite pas que moi.

Source : Jimmy m'a demandé si j'avais parlé à mon père récemment car il ne répondait pas à ses messages. Je n'avais pas essayé de le rappeler depuis le jour de Noël mais, aujourd'hui, je suis tombée directement sur son répondeur. J'ai appelé au travail ; c'était occupé. Quand j'ai confié ça à Jimmy au dîner, il m'a dit : « Ne t'inquiète pas, je parie qu'il a juste beaucoup de travail. » À l'autre bout de la table, ma mère s'est contentée de demander : « Qui veut du vin ? »

2. La bonne nouvelle, c'est que j'excelle à d'autres imitations que celle des wookiees.

Source : c'est Leila qui le dit. Quel accomplissement !

*

Ce matin, retour à la plage avec les autres. Je n'ai pas pris la peine de mettre un maillot (que ce soit l'ancien ou celui que m'ont offert Eva et Bess à Noël, très joli, d'ailleurs – un bikini noir brodé de fleurs roses que je n'ai pas encore osé essayer). En effet, je n'avais pas prévu de rester longtemps car je devais me rendre chez Leila pour qu'elle prenne mes mensurations.

Et devine qui on a croisé sur la plage ? Eva et Bess, l'une et l'autre en maillot. J'ai dû me retenir de ne pas les regarder trop fixement.

Parce que… Bess est plus grosse que moi. Or, elle était allongée sur la plage, vêtue d'un adorable bikini à froufrous aux rayures blanches et bleues, comme si de rien n'était.

Et puis, il y avait Eva, debout à côté d'elle, rayonnante. Elle qui, d'habitude, aurait chuchoté : « Dis donc, elle en a dans le ventre, cette fille ! » en pouffant de rire, moqueuse, avec son air supérieur.

À quoi joue-t-elle, exactement ? Je n'en sais rien, mais je ne suis pas sûre d'aimer ça.

Quant à Bess, c'est indiscutable : elle en a dans le ventre. J'avais envie de lui demander quel était son secret et comment je pourrais y arriver, moi aussi. Toutefois, nous n'étions pas suffisamment en confiance pour que je puisse lui lancer : « Hé, Bess, comment fais-tu pour oser te montrer en public alors que tu es GROSSE ? » Il me semble impossible de poser cette question sans passer pour quelqu'un de dérangé et d'insultant.

Bref, dès qu'elles ont fait leur apparition, j'ai aussitôt tourné les talons parce que ma sœur faisait preuve d'un enthousiasme démesuré en nous apercevant et que je ne pouvais pas supporter son hypocrisie une seconde de plus. Mon rendez-vous avec Leila m'offrait une véritable excuse pour partir, non pas qu'il m'en faille absolument une. Anna m'a demandé si je voulais qu'elle vienne aussi, mais je sentais bien qu'elle n'en avait pas vraiment envie, alors je l'ai laissée se prélasser sur la plage en compagnie de Sebastian et de Beamer (ce dernier m'a lancé un « À plus tard » ; évidemment ça sentait le sous-entendu mais j'espère que personne d'autre ne l'a remarqué).

*

En plus de la robe de soirée, Leila a promis de me confectionner un *fabuleux* déshabillé pour le défilé en maillot de bain, histoire que je me sente à l'aise : « Ce sera comme une robe ! » C'est génial. Seulement, le simplc fait de me retrouver sur scène, même complètement couverte, me donne déjà des palpitations.

— Rappelle-moi pourquoi je le fais ? ai-je gémi.

Leila, penchée sur son carnet de croquis, se concentrait en tirant la langue.

Elle m'a dévisagée.

— Parce que tu en as envie. Parce que ce sera amusant. Parce que tu te sentiras belle, a-t-elle répondu. Arrête de tout remettre en question, d'accord ? Je ne plaisante pas, je ne veux plus t'entendre demander « pourquoi ». Si tu veux le faire, tu le fais et tu te montres positive.

— Oui, cheffe, ai-je dit en veillant à ce que ma voix ne trahisse pas mon inquiétude.

— Tu sais ce qu'on pourrait faire un soir ? a lancé Leila en soulevant son crayon, comme si elle venait d'avoir une idée géniale. Regarder plein de films sur les concours de beauté, pour se moquer. Je parie que ça te mettra en confiance.

J'ai souri.

— J'adore quand tu me parles comme ça, chérie.

Tout en riant, elle m'a lancé son crayon et moi, un coussin qu'elle a habilement rattrapé en plein vol.

— Vendredi soir, chez Jo ? C'est toujours chez elle qu'on se retrouve pour voir des films.

— Ça ne la dérangera pas ?

— Sûrement pas. Prépare-toi juste à ce qu'elle pousse un coup de gueule contre le sexisme des films. Mais c'est ce qui fait son charme.

Elle a pris son téléphone et a écrit un message. Quelques minutes plus tard, elle annonçait :

— Marché conclu. Les autres sont partants aussi.

Nous avons ensuite discuté de nos projets pour le réveillon du Nouvel An (le carnaval sur le front de mer auquel tout le monde participe), puis de l'horrible année à venir (et des suivantes).

— Pfff, j'ai hâte que cette année se termine, a dit Leila, courbée sur son bureau pour dessiner. J'avais prévu d'arrêter les études en seconde pour faire une formation en stylisme, mais mes parents ont pris peur. J'ai dû les supplier de m'autoriser à suivre un cours sur la mode tout en terminant le lycée.

— Au moins, tu sais ce que tu veux faire. Moi, je n'en ai aucune idée.

Je me suis mise à arpenter sa chambre, en jonglant avec un pompon.

— Je n'arrive même pas à choisir un talent pour ce fichu concours de beauté, alors comment veux-tu que je trouve une carrière qui puisse m'assurer un avenir ?

— Qu'est-ce que tu sais faire ?

J'ai ricané.

— Pas grand-chose.

Elle a levé les yeux vers moi en secouant la tête.

— Il faut vraiment qu'on bosse ta confiance en toi.

J'ai soupiré en m'affalant sur le lit, tandis qu'elle énumérait de potentiels talents, tous plus ridicules les uns que les autres (« Tu pourrais faire une démonstration d'assiettes chinoises ! »).

Soudain, quelqu'un a frappé à la porte. Je me suis levée, me figurant qu'il s'agissait des parents ou des frères de Leila, mais j'ai eu un véritable choc quand Beamer est entré.

— Qu'est-ce que tu fabriques ici ?! ai-je crié en même temps que Leila l'a salué et s'est levée pour lui faire la bise.

— J'avais envie de découvrir l'endroit où opère la magie, a-t-il répondu en regardant autour de lui.

Leila s'est rassise par terre et l'a invité à se mettre à l'aise. Il a fait le tour de sa chambre en touchant à plein d'objets.

— Et ma patience à l'égard des tourtereaux a ses limites, a-t-il lancé tout en malmenant le mannequin de Leila.

— Tu arrives en plein débat sur le numéro que pourrait proposer Maisie au concours, a expliqué cette dernière.

— Tu ne fais plus l'imitation de Chewbacca ? a demandé Beamer avec un sourire en coin.

Puis, soulevant une pierre avec des yeux en plastique, il a regardé Leila d'un air interrogateur.

— Tu veux bien arrêter de toucher à tout ? Ce n'est pas poli, ai-je lancé.

— Pas de souci, je m'en fiche, a dit Leila en souriant. Ça, c'est Rocky. Jo me l'a fabriqué quand on avait sept ans. Il connaît tous mes secrets.

— Ah, d'accord. Désolé, Rocky, je ne voulais pas te déranger.

Il a reposé la pierre sur la commode avant de venir prendre place à côté de moi sur le lit. En réaction, je suis allée m'asseoir sur le fauteuil orange. Beamer a levé les yeux au ciel.

— Beamer, tu es un génie ! s'est exclamée Leila.

— T'es sûre ?

— Beamer, un génie ?

— Oui, ma chérie. C'est ça que tu vas faire !

— L'imitation de Chewbacca ?

J'ai froncé les sourcils.

— Pas seulement. Je t'ai vue en faire plein d'autres. Tu es hilarante. Pour celle d'Hermione Granger, pendant la fête, tout le monde était plié en deux.

— Ce n'est pas vraiment un talent. C'est ridicule.

— Arrête, c'est génial ! Je vais te le prouver. Regarde-moi faire Hermione, a-t-elle dit puis, pinçant les lèvres, elle a récité d'un ton monocorde : « C'est Leviosa, et pas Leviosa. »

— « C'est LeviOsa, pas LeviosA », ai-je corrigé, en imitant plutôt fidèlement Emma Watson.

— Tu vois, c'est parfait ! Pas vrai, Beamer ?

Il m'observait pensivement.

Je m'attendais à ce qu'il se moque, alors j'ai été très étonnée quand il a demandé :

— Pourquoi ne pas faire la danse que tu avais prévue ? Celle de *Dirty Dancing* ?

J'ai froncé les sourcils.

— Comment tu sais ça ?

Il a haussé les épaules.

— Ne change pas de sujet.

— C'est pourtant exactement ce que tu es en train de faire, ai-je rétorqué.

Il s'est contenté de hausser les sourcils et d'attendre.

J'ai soupiré.

— D'abord, parce que c'est une chorégraphie qui se fait à deux.

— Tu n'as pas le droit à un assistant ou quelque chose du genre ?

— Comment tu sais ça ?

— Je ne loupe jamais *Miss Australia*, a-t-il répondu, comme si c'était une évidence. Ma grand-mère adore.

— Sauf que je ne suis pas une gamine.

— J'ai déjà vu des filles proposer une danse avec un partenaire, a ajouté Leila. Tu pourrais le faire, toi aussi !

J'ai secoué la tête.

— Je ne sais pas danser.

Beamer voulait dire quelque chose, mais je lui ai coupé la parole.

— Vous savez quoi ? Les imitations, c'est une super idée. Je peux le faire sans problème.

Et j'ai commencé à imiter Russell Crowe dans *Gladiator* : « N'êtes-vous pas rassasiés ? Ne vous êtes-vous pas assez divertis ?! »

*

Plus tard, sur la plage, j'étais blottie contre Beamer sur une dune de sable. Nous étions en train de profiter du moment. Puis il a tout gâché en ouvrant la bouche :

— Je peux te demander quelque chose ?

— Non.

J'ai fondu sur lui pour continuer à l'embrasser, mais il m'a freinée de la main. Puis il a caressé ma joue avant d'écarter une mèche de mon visage.

— Pourquoi tu ne veux pas danser ?

J'ai reculé en tournant la tête vers l'océan.

— Je ne sais pas danser.

— Bien sûr que si.

— Non.

— Si. Je t'ai vue. Tu...

— C'était il y a longtemps, l'ai-je coupé.

— Je ne vois pas en quoi...

— Tu ne peux pas comprendre.

— Essaie de m'expliquer.

J'ai soupiré et baissé le regard sur mes mains jouant dans le sable fin.

— Les filles comme moi... ne sont pas faites pour danser.

— Quoi ?

— Tu sais, ce passage de *Dirty Dancing*, quand Johnny dit : « On ne laisse pas Bébé dans un coin. »

Je lui ai jeté un coup d'œil. Il a ouvert la bouche, mais je ne lui ai pas laissé le temps de répondre.

— C'est tellement romantique ! Johnny la sort de l'ombre pour la mettre sous le feu des projecteurs parce que lui sait la regarder et il veut que tout le monde la regarde de la même façon. Il la soulève dans les airs comme elle le mérite. Seulement, les filles comme moi… restent dans l'ombre, ai-je conclu.

Beamer n'a rien dit. Quand j'ai posé les yeux sur lui, il semblait réfléchir, caressant ses lèvres avec son pouce.

— C'est des conneries.

— Pardon ?!

— Des conneries, je te dis ! Si tu veux danser, *danse* !

J'ai secoué la tête.

— Je te l'ai dit…

— Je sais, je sais, tu ne sais pas danser. C'était quand la dernière fois que tu as essayé ?

— Je ne m'en souviens pas, ai-je menti.

— Alors, c'est le moment.

Il s'est levé, a épousseté le sable sur ses fesses, puis il m'a tendu la main.

— Quoi, maintenant ? Ici ?

— Ici et maintenant.

Il secouait impatiemment la main.

— Cette manie que tu as de vouloir toujours danser sur la plage…

— C'est un endroit comme un autre.

Il a regardé autour de lui.

— Allez, il n'y a personne.

— On ferait mieux de rentrer.

Je me suis levée et j'ai commencé à partir, refusant sa main.

— Personne ne doit se douter de quelque chose sur nous. *Hors de question* qu'ils s'imaginent… quoi ce soit.

— Ouais. C'est hors de question, a-t-il ajouté en m'emboîtant le pas.

*

Pendant le dîner, Beamer a demandé aux jumeaux s'ils voulaient regarder avec nous *Last Action Hero*, le dernier film de Schwarzenegger de ma liste (un pur régal, même si j'avais eu du mal à choisir). Jimmy a glissé qu'il adorait ce film et tout le monde s'est réuni devant la télé pour le regarder, à l'exception d'Eva et Bess qui avaient une sortie en amoureuses. Tous parlaient par-dessus le film et riaient quand il ne fallait pas.

— Taisons-nous, sinon Maisie sera contrariée, s'est exclamée ma mère.

Évidemment, ça m'a mise de mauvaise humeur.

Du coup, j'ai pris mon téléphone et écrit un message à Beamer : *C'est ça ton sabotage ?* Il était assis par terre, de l'autre côté de la pièce. Je l'ai vu jeter un coup d'œil à son écran et lever les yeux au ciel en tapant sa réponse.

Non. Je veux juste que personne ne se doute de quoi que ce soit. Il a ajouté un smiley clin d'œil, puis continué à visionner le film, sans m'accorder un regard.

Jeudi 28 décembre

Les trois découvertes du jour

1. *L'enfer existe. C'est une certitude. J'Y ÉTAIS.*
Source : non seulement j'ai dû faire les boutiques, mais c'était en compagnie des quatre cavaliers de l'Apocalypse… même si cette comparaison est plutôt injuste pour Bess et Anna. Bon, en fait, ma mère et Eva étaient les deux personnages apocalyptiques de cette métaphore tirée par les cheveux, vu ?

2. *Ma sœur nous réserve de sacrées surprises.*
Source : elle a avoué le secret qu'elle nous cachait, une véritable BOMBE ATOMIQUE.

3. *Je ne déteste pas tout chez moi.*
Source : un long moment passé à me tripoter (pas de cette façon, cher journal ! Cesse donc d'avoir un esprit aussi mal tourné).

*

Quelle journée ! Il faut que je commence du début.

Anna me manquait, ma mère avait raison (ne jamais le lui dire). C'était devenu bizarre entre nous et je voulais que ça redevienne comme avant. C'est pourquoi, au petit déjeuner, je lui ai proposé de passer du temps ensemble.

— Très bonne idée ! Et si on organisait une sortie entre filles ? s'est exclamée ma mère avant même qu'Anna n'ouvre la bouche. On pourrait faire du shopping, puis une manucure et une pédicure. Maisie, as-tu besoin de quelque chose pour le concours ? Tu devrais vraiment…

— Non, ça ira, maman. Je te l'ai déjà dit.

— Je me demande tout de même si c'est prudent de confier la conception de ta robe à une amatrice. Tu ne préférerais pas utiliser l'argent de Noël différemment, en te tournant vers un professionnel ?

On en avait déjà parlé. Maintes fois. Sans rien dire, j'ai baissé les yeux sur ma salade de fruits.

— Je ne comprends pas pourquoi tu ne nous laisses pas t'aider, Eva et moi. On l'a déjà fait, tu sais. On s'était d'ailleurs amusées comme des folles. Tu vois, on pourrait au moins partager ça. On ne fait plus rien ensemble.

On n'a jamais rien fait ensemble, avais-je envie de rétorquer, mais je me suis mordu la langue. Il était trop tôt pour une dispute.

À côté de moi, Anna a déclaré doucement :

— Tu n'as pas dit que tu avais besoin de chaussures, Maise ?

Ma mère a alors porté le coup final :

— Je connais la boutique parfaite. J'appelle Eva !

Elle s'est ruée à l'intérieur, alors qu'elle tenait son portable dans la main, sans me laisser le temps d'ajouter quoi que ce soit.

J'ai lancé un regard à Anna.

— Je suis navrée, a-t-elle dit. Je pensais que... Ça fait tellement plaisir à ta mère. C'est gentil de sa part.

J'ai secoué la tête.

— Tu ne comprends pas ? Ce n'est pas pour moi. Ce n'est jamais pour moi. C'est pour elle. Pour qu'elle puisse tout contrôler. Et que je n'entache pas davantage son image de perfection.

De l'intérieur, ma mère a crié :

— On passe prendre Eva et Bess dans dix minutes. Dépêchez-vous, les filles !

Je me suis levée en faisant crisser la chaise sur le sol.

— Allez, qu'on en finisse, ai-je marmonné.

*

Très brièvement, alors qu'on discutait toutes les cinq autour de la table d'un café, j'ai cru, à tort, que cette virée ne serait pas si terrible.

C'est alors que ma mère s'est mise à compter les calories de tout ce que proposait la carte, parce qu'elle ne pouvait pas « se permettre de prendre un gramme de plus ». J'ai failli me mettre à hurler.

— On n'a qu'un corps, autant se faire plaisir, a rétorqué Bess avec un sourire pendant que ma mère scrutait avec envie une part de gâteau au chocolat.

— Très juste, a ajouté ma mère.

Sans commander le gâteau.

Une fois dans le magasin de chaussures, elle choisissait pour moi les talons les plus hauts. Pourtant, j'étais clairement incapable de marcher avec.

— Il suffit de s'entraîner, Maisie. Il te reste plus d'une semaine ! Ta sœur et moi, on t'aidera.

Elle souriait à Eva.

— Bien sûr. Avec des livres sur la tête, a ajouté cette dernière en esquissant un sourire subtilement diabolique.

J'ai poussé un grognement.

— Et celles-ci ? a dit Bess en montrant une paire de sandales à lacets.

Je les ai enfilées. Elles étaient *parfaites*. Évidemment, pas des plus clinquantes, mais beaucoup plus confortables que toutes celles que j'avais essayées.

Ma mère a plissé le nez.

— Il s'agit d'un concours de beauté, pas d'un concours de confort, tu sais ?

Elle a ri de sa propre blague.

— Leila m'a suggéré de faire simple, ai-je objecté.

— Je ne suis pas convaincue par cette paire, Maise, est intervenue Anna. Tu peux trouver mieux.

J'ai poussé un soupir en reposant les chaussures. J'ai fini par acheter une paire de sandales compensées que personne ne trouvait spécialement belles, mais avec lesquelles j'arrivais (presque) à marcher.

Je t'épargnerai la torture qui a suivi, ma mère nous ayant traînées dans les rayons du supermarché pour me dégoter une gaine ; je préciserai simplement qu'au moment où j'ai osé me plaindre, elle a lâché :

— Je ne vois pas pourquoi tu t'es inscrite à ce concours, si c'est pour ne pas mettre toutes les chances de ton côté.

Dans la cafétéria, nous étions toutes éreintées, comme dirait ma grand-mère. J'ai commandé une salade alors que j'avais envie d'un McDo. Or, je ne disposais pas de l'énergie suffisante pour affronter les deux grandes critiques de mes habitudes alimentaires (Eva et ma mère).

Je n'aurais pas dû m'en inquiéter, vu qu'il s'est produit quelque chose d'absolument inattendu : ma mère s'en est prise à *Eva.*

Ma sœur exprime enfin un petit côté rebelle.

Alors que ma mère l'interrogeait sur ses cours de danse et sur ses projets de l'année, Eva ne répondait que de façon vague et allusive, jetant sans cesse des regards à Bess qui, les sourcils haussés, regardait fixement ma mère.

— Bon, qu'est-ce qui se passe ? a fini par s'enquérir cette dernière, déposant sa fourchette et croisant les mains devant elle, signe que tout cela l'énervait.

— Rien, a dit Eva sans toutefois oser regarder ma mère dans les yeux.

Probablement une bonne idée, vu que celle-ci la fusillait du regard.

— Pourquoi tu ne lui dis pas ? a doucement demandé Bess, ce qui lui a valu un coup d'œil assassin de ma sœur. (C'est de famille. Tiens, ça pourrait être mon talent pour le concours de beauté : terrifier le public d'un seul regard.)

— Me dire quoi ? a enchaîné ma mère, à bout de patience.

Eva a soupiré.

— On en parlera en privé à la maison, d'accord ?

Ma mère l'a dévisagée quelques secondes en se demandant sans doute jusqu'où elle pouvait aller. Puis sa décision était prise.

— Puisque c'est comme ça, on s'en va.

Elle s'est levée et, sans se retourner une seule fois, elle s'est dirigée droit vers le parking.

Voilà comment s'est terminée la virée shopping en enfer.

*

Cher journal, tu ne devineras jamais quel était le secret d'Eva. Même moi, j'ai du mal à y croire.

EVA VEUT SE RÉORIENTER. ELLE VEUT ARRÊTER LA DANSE CAR ELLE N'AIME PLUS ÇA ET NE VOIT PAS À QUOI ÇA PEUT SERVIR.

Toute sa vie, ma sœur s'est consacrée à cette discipline et, tout à coup, elle veut tout envoyer balader.

Si tu avais entendu le caca nerveux de ma mère ! Déjà quand moi j'ai arrêté, sa colère a été immense. Avec Eva, c'était pire. Ma mère n'a pas oublié de le lui rappeler : « Après tout ce qu'on a sacrifié, tous les efforts que tu as faits… Tu n'as pas bien réfléchi… Ce n'est pas possible… Qu'est-ce qui t'arrive ?… » Et ainsi de suite pendant un long moment. Elle est même allée jusqu'à appeler mon père qui a décroché. Miracle, grâce à Eva, ma mère reparle à mon père… En réalité, elle a surtout hurlé à propos de « *sa* fille », comme si elle avait oublié qu'elle était tout aussi responsable de la conception, de la naissance et de l'éducation de ma sœur.

À ce stade, j'en ai eu assez. J'ai entraîné Anna vers la plage, sans dire grand-chose, on était toutes les deux perdues dans nos pensées.

Tu veux savoir quelles étaient les miennes, cher journal ? Jamais je n'oserais le dire tout haut. À personne, pas même à Anna : j'étais plutôt contente que l'enfant prodige devienne source de déception, elle aussi. Pour une fois, elle perdait de son éclat.

Mais je me sentais aussi blessée. Ma mère ne cessait de dire combien mon père et elle – combien Eva – s'étaient sacrifiés, *tout ça pour rien*. Or, qu'en était-il de mes propres sacrifices ? Et si c'était *moi*, le sacrifice ?

Non seulement, Eva et la danse ont toujours été la priorité de notre famille, ma mère passant tout son temps libre à la soutenir, mais il y a aussi tout ce qu'Eva disait et faisait pour bien me faire comprendre que j'étais moins importante qu'elle et son talent de danseuse. Maintenant que la danse ne lui servait plus à rien, où était ma place ?

Je ressentais d'autres émotions, auxquelles je ne m'attendais pas, vu tout ce qui s'était passé. Par exemple, j'étais admirative de ma sœur, qui avait dû s'armer de courage pour aller jusqu'au bout de ce choix, pour ne pas en démordre face à ma mère et pour faire un tout autre sacrifice en renonçant au rôle de fille parfaite, de danseuse parfaite, d'être humain parfait.

Et, au fond, j'étais aussi vraiment inquiète pour ma grande sœur.

*

Au bout d'un moment, Anna m'a demandé si ça allait.

— Moi ? Oui, très bien. Pourquoi ?

— C'était plutôt intense, tout à l'heure.

— Tu connais ma famille.

Je n'avais pas vraiment envie de lui faire part des sentiments contradictoires qui m'animaient. Alors, pour changer de sujet, je lui ai demandé ce qu'elle voulait faire le soir. Nous avons décidé d'aller au bowling en ville avec les garçons plutôt que de rester en zone de guerre.

*

Au milieu de la seconde partie de bowling (je gagnais, car je suis la reine du strike), Anna et Sebastian sont partis commander à boire, sans jamais revenir. Ils n'avaient cessé de se tripoter, tandis que Beamer et moi… non. Comme d'habitude, ce dernier jouait les emmerdeurs, me taquinant sur ma technique, se targuant d'en avoir une meilleure. Mais vu que je n'arrêtais pas de gagner, il se contentait de sourire en expliquant : « Ça fait partie de ma stratégie. » *Ouais, c'est ça.*

— On va les chercher ? ai-je demandé au bout de quinze minutes passées à les attendre.

Beamer s'est contenté de me jeter un regard.

— On n'a qu'à dire qu'ils ont déclaré forfait, ai-je décidé en prenant le tour d'Anna.

Dos à la piste, je me suis penchée pour lancer la boule entre mes jambes. Celle-ci a terminé sa course en plein milieu, divisant les rangs de quilles en deux.

— Bingo ! a crié Beamer en riant.

Le coup suivant, j'ai levé ma jambe droite et lancé la boule par-dessous, ratant complètement les quilles qui restaient.

— À toi de faire mieux.

Beamer, un grand sourire aux lèvres, a fait craquer son cou et ses doigts avant de prendre une boule. Il faisait comme si elle était beaucoup trop lourde pour lui, courbant le dos en la tenant des deux mains et la laissant pendre entre ses jambes. Il a claudiqué ainsi jusqu'à la ligne, puis il s'est penché et a déposé précautionneusement la boule au début de la piste.

— Arrête de mater mes fesses.

J'ai ri.

— Dans tes rêves !

Pourtant, c'était exactement ce que je faisais.

Il a ensuite lancé sa boule, s'est redressé avec un petit saut, puis a reculé jusqu'à moi. Nous avons observé la boule rouler à une vitesse terriblement lente et s'arrêter à un mètre des quilles. Il a donc fallu demander à l'employé de l'accueil de venir la récupérer.

— Ça suffit, les lancers lents, ai-je dit, tout en me tordant de rire.

Beamer et moi avons continué à jouer à tour de rôle, lançant les boules le plus vite possible et prenant des poses plus ridicules les unes que les autres. Plusieurs fois, nous avons réussi à lancer notre boule en même temps. Elles se sont entrechoquées jusqu'à ce que l'une d'elles se retrouve bloquée contre le truc qui récupère les quilles (je parie que ça a un nom). Le type de l'accueil a alors menacé de nous mettre dehors.

N'apercevant toujours pas Anna et Sebastian, nous avons rejoint la galerie marchande, sans cesser de pouffer de rire. J'ai pris Beamer par la main et l'ai tiré jusque dans un vieux Photomaton.

Au premier flash, on s'est regardés en souriant, le souffle coupé.

Au deuxième, il s'est penché vers moi. Nos visages se touchaient presque.

Au troisième, il a posé ses lèvres sur les miennes.

Et au quatrième, j'ai regardé l'objectif en écarquillant les yeux. Il venait de murmurer à mon oreille : « Tu es tellement belle ! »

Dans un film, ç'aurait été super mignon et romantique, avec, comme personnages principaux, un mec qui fait rêver et une fille sublime ; pas le clown de service et la copine grosse. Or, Anna et Sebastian avaient disparu, probablement pour se rouler des pelles dans le noir. Ou près d'une poubelle, soyons réaliste. Parce que la vie n'est pas un film.

Ainsi, levant les yeux au ciel, j'ai poussé Beamer hors du Photomaton et fait semblant de lui donner des coups de pied aux fesses.

Mais je suis repartie avec le tirage photo dans ma poche, le cœur ardent.

*

De retour à la maison, j'ai sauté sous la douche. Pendant que je me séchais, j'ai essuyé la buée qui recouvrait le long miroir accroché derrière la porte de la salle de bains.

Je pensais à Beamer, à ces quatre mots susurrés : « Tu es tellement belle ! » Il ne le pensait pas vraiment, si ?

Observant mon reflet, j'essayais d'y voir de la beauté, sans succès. Comme toujours. J'ai alors repensé à cette phrase qu'Eva avait hurlé à ma mère pendant leur dispute. Ma mère ne cessait de crier : « Pourquoi ? Mais pourquoi ? », ce qui a fait partir ma sœur en vrille : « Je suis fatiguée de me regarder tout le temps dans le miroir et de détester ce que je vois. »

Fatiguée. C'est exactement ce que je ressentais. De la fatigue et de la tristesse. Parce que si quelqu'un comme *Eva* ressentait cela, comment garder espoir ?

Et puis j'ai pensé à Bess. À ce qu'elle avait dit : « On n'a qu'un corps, autant se faire plaisir. » Elle ne parlait que d'une part de gâteau mais, selon moi, la portée de son propos était bien plus vaste. J'ai remarqué quelque chose ces derniers jours : Bess est vraiment bien dans sa peau. C'est incroyable comme elle a confiance en elle !

Je ne sais pas à quand remonte la dernière fois où je me suis sentie bien dans ma peau. Tu te rends compte, cher journal ? Fais-moi plaisir, veux-tu, et fais comme si tu n'étais pas un simple objet inanimé, mais un humain avec de véritables émotions.

Imagine avoir un corps dans lequel tu n'es jamais à l'aise. *Jamais.* Qui bouge quand tu veux qu'il reste immobile et qui t'incite à ne pas bouger alors que tu en crèves d'envie. Qui ne ressemble absolument pas à ce que tu souhaites, qui t'offre des sensations ne correspondant pas à celles que tu aimerais avoir.

Imagine percevoir toutes ces choses dans ton reflet.

Imagine un corps que les gens scrutent partout où tu vas. Un corps que les gens jugent en silence.

Imagine déceler cette expression chez ta propre mère.

Imagine posséder un corps que les gens se permettent de critiquer à voix haute, leurs cruelles paroles, leurs railleries transperçant ta peau et malmenant ton âme. Ils prétendent que c'est parce qu'ils s'inquiètent, mais c'est juste une façon détournée de te signifier que tu n'es pas assez bien.

Imagine entendre tout cela dans la bouche de ta sœur.

Imagine avoir un corps qui n'est jamais représenté dans les films ou les séries que tu adores, sauf quand il s'agit de le moquer. De s'en horrifier, comme un monstre de foire dont on peut rire.

Imagine entendre ce rire dans la bouche de ton père.

Imagine un corps qui fait peur. Qui sert d'avertissement. Cet « avant » que les gens veulent oublier, cet « après » qu'ils essaient désespérément d'éviter. Ce qui se ressent dans les mots employés par les personnes minces quand elles se dénigrent, se trouvent moches. Ces jours où elles ne sortent pas parce qu'elles se sentent grosses, comme si c'était une maladie virale dont il fallait se débarrasser.

Imagine entendre ces mots-là dans la bouche de ta meilleure amie.

Tu comprends, à présent, cher journal ? Tu sens combien c'est épuisant ? Tu imagines les petites brèches qui se creusent dans ton âme, ce vide intérieur impossible à combler ?

Un jour, j'ai vu passer une citation sur Instagram, ce fameux dicton selon lequel on ne peut pas vraiment aimer quelqu'un tant qu'on ne s'aime pas soi-même.

Comment parvenir à s'aimer quand les personnes censées t'aimer inconditionnellement n'acceptent pas qui tu es ?

J'en ai assez. Même plus qu'assez.

Alors, toujours dans la salle de bains, je suis restée debout devant le miroir. Et j'ai pleuré. Puis j'ai essuyé mes larmes et je me suis regardée. *Vraiment regardée,* pour la première fois depuis une éternité. J'ai fait la liste de ce que j'aime chez moi. La voici :

1. Mes yeux.
2. Mes sourcils.
3. Mes oreilles.
4. Mes cheveux.
5. Mes ongles.
6. Mes seins.
7. Mes avant-bras.

Sept parties de mon corps. Juste sept.

Mais tu sais quoi, cher journal, c'est mieux que rien.

Et puis, la prochaine fois, il y en aura peut-être huit.

Il faut bien commencer quelque part, n'est-ce pas ? Même si, en ce moment, je n'aime pas mon corps, une chose est sûre : dorénavant, je refuse d'en avoir honte.

Vendredi 29 décembre

Les quatre découvertes du jour

1. *Ma robe de soirée est PRESQUE terminée.*

Source : Leila. Malheureusement, je n'en ai pas la preuve ; elle ne me permet pas de la voir tant qu'elle ne sera pas tout à fait prête. Elle promet toutefois que ce sera pour bientôt.

2. *Se faire interviewer, c'est plus dur que ce qu'on pourrait croire.*

Source : j'ai accordé un entretien à une journaliste spécialiste de la rubrique « Style de vie » du journal local pour un article sur le concours de dimanche. La joyeuse Janice, celle qui m'avait informée de ma participation, m'a appelée dans la matinée pour organiser la rencontre. J'ai dit oui sans vraiment y réfléchir, puis j'ai failli me faire dessus. (J'ai vraiment dû courir jusqu'aux toilettes plusieurs fois. Désolée si c'est trop d'informations pour toi, cher journal.)

3. *En matière de rôle parental, mon père est encore plus inutile que ma mère.*

Source : vu qu'il a une certaine expertise des interviews, je l'ai contacté pour lui demander conseil, ce à quoi il s'est contenté de répondre : « Tu vas tout déchirer, Eminem ! Comment va ta mère ? » Au moins, il a répondu.

4. *Je pense que j'ai accidentellement pénétré dans une dimension parallèle. Peut-être à cause des burritos suspects de l'autre soir ?*

Source : voir le point numéro 3. Et le fait que ma mère soit très en colère contre Eva… et très heureuse de moi ???

*

Ce matin, ma mère était d'une humeur massacrante. L'ambiance dans le bungalow était tellement glaciale qu'on aurait dit que la Reine des neiges était parmi nous. Ma mère était à peine moins froide quand elle est rentrée de sa séance au spa avec Laura. (« Je m'occupe d'elle » m'avait chuchoté cette dernière en entraînant ma mère vers la porte.) À leur retour, Laura s'est contentée de hausser les épaules discrètement, d'un air vaincu.

Tu ne devineras jamais qui lui a redonné la pêche… MOI !!!

— Qu'est-ce qui se passe ? a-t-elle demandé en nous voyant, Anna et moi, désespérées, devant une pile de vêtements.

Quinze minutes plus tard, je devais rencontrer Sarah, la journaliste de l'interview. Sauf que je ne savais absolument pas comment m'habiller. Une fois la situation expliquée à ma mère, elle a poussé un cri. Un cri d'enthousiasme très strident.

— Mon Dieu ! Missy-May ! Tu dois faire partie des favorites, puisqu'on t'a choisie pour figurer dans la presse, s'est-elle exclamée en me regardant de haut en bas. Tu n'as pas l'intention de porter ça, hein ?

Après le déluge de « conseils utiles » de ma mère, d'encouragements de Laura et de regards appuyés d'Anna, je suis finalement sortie vêtue d'un jean et d'un chemisier bleu. Ma mère voulait s'incruster, mais j'ai saisi Anna par la main pour déguerpir avant qu'elle ne nous demande où nous allions.

Nous avons rencontré Sarah sur la promenade de la plage. Elle était magnifique, avec sa peau bronzée, de parfaits sourcils et un sourire plus étincelant que celui d'une actrice d'Hollywood. Elle était accompagnée d'un caméraman. Quand elle a tendu son micro vers mon visage, je me suis sentie très VIP.

Tandis que Sarah me posait des questions sur moi et sur mon expérience des concours de beauté, la voix de ma mère résonnait dans ma tête : « Reste naturelle, ne parle pas trop vite et souris, mais pas trop. Fais preuve d'intelligence, Missy, montre-lui ton charme ! » Alors j'ai souri et répondu avec entrain : « Je participe à mon premier concours de beauté, mais c'est courant dans ma famille. »

Dès que j'ai dit ça, ses oreilles se sont dressées. (C'est une image, bien sûr. De toute façon, ses oreilles étaient cachées sous une épaisse chevelure noire.)

Très vite, j'ai dû répondre à des questions sur Eva, en redoublant d'efforts pour rassembler le peu d'enthousiasme que je ressentais.

« Évidemment, Eva m'aide à me préparer et me donne plein de super conseils ! Oh, vous savez, tout ce qu'il y a de plus classique : sourire abondamment, saluer comme une princesse, marcher comme Beyoncé. Ah ! ah ! ah ! Oui, elle est géniale. Oh, non. Notre mère ne nous a jamais poussées sous le feu des projecteurs. Elle nous soutient, quoi que l'on fasse ! »

Au secours !

— Qu'avez-vous ressenti au moment où vous avez appris que vous étiez sélectionnée ?

— J'étais étonnée, pour être honnête.

— Pourquoi ?

Gloups.

— Quand je me suis inscrite, je ne pensais pas être sélectionnée.

Sourire.

— Pour quelle raison ?

Profonde inspiration. Ne regarde pas par terre, lève les yeux ! Souris !

— C'est un tel honneur de participer à ce concours.

Les nominés aux Oscars peuvent aller se rhabiller.

— Pourquoi vous inscrire si vous ne pensiez pas être prise ?

— Qui ne tente rien n'a rien, je suppose. Ah ! ah !

— Quelque chose vous tracassait ?

Souris. Souris. Souris.

— Votre silhouette, peut-être ?

Suis-je toujours en train de sourire ? Je ne crois pas. J'ai perdu le contrôle de ma bouche. Desserre la mâchoire. Souris !

— Euh… un peu, je crois.

Pas de sourire.

— Alors, ça vous a fait quoi d'être choisie ?

— Euh… j'étais étonnée, comme je l'ai déjà dit.

— Mais vous avez ressenti quoi ?

Profonde inspiration. Reprends tes esprits.

— J'étais super contente ! Parce que ça va être génial !

Souris. De toutes tes dents.

Finalement, Sarah a changé de sujet, abordant ma préparation au concours avant de mettre fin à l'interview. Puis le caméraman m'a filmée en train de marcher sur la plage et de regarder l'océan. Je me sentais ridicule.

Après leur départ, Anna m'a dit que j'avais assuré.

— Je ne suis pas sûre. C'était… bizarre, non ?

— Elle était un peu insistante, mais tu t'en es très bien tirée. C'est génial, Maise. Je suis fière de toi.

Elle a passé son bras autour de moi et je me suis enfin autorisée à être satisfaite.

*

Ce soir, c'était la soirée films chez Jo. Un très bon moment : on a beaucoup trop mangé et ri. De retour à la maison, j'avais mal aux joues d'avoir autant souri. De vrais sourires, cette fois, pas les grimaces forcées de l'interview. Quand je me suis observée dans le miroir, j'ai ajouté quelque chose à ma liste :

1. Mes yeux.
2. Mes sourcils.
3. Mes oreilles.
4. Mes cheveux.
5. Mes ongles.
6. Mes seins.
7. Mes avant-bras.
8. Mon sourire.

Samedi 30 décembre

Les trois découvertes du jour

1. *Certains événements sportifs sont dignes d'intérêt.*
Source : je suis allée, de ma propre volonté, avec Leila et sa bande, assister au match de cricket de Kieron. J'ai bien dit match de CRICKET. Et tu sais quoi ? C'était amusant, mais je serais incapable d'expliquer les règles.

2. *Mon numéro plaît au public.*
Source : je l'ai testé pendant le match. Il fallait bien nous distraire pendant que des types en blanc restaient debout sans rien faire, à part, de temps en temps, poursuivre une petite balle rouge.

3. *Beamer a des talents bien à lui.*
Source : ;) ;) ;)

*

La journée était plutôt agréable. Je me suis beaucoup amusée pendant le match, en compagnie de Leila et de ses amis. Ma mère se montre toujours aussi gentille envers moi. Eva a disparu de la circulation. La seule ombre au tableau, c'est qu'Anna semble de nouveau malheureuse. Peut-être à cause du match de cricket, sport qu'elle déteste plus que moi. Je n'en sais rien, n'ayant pas eu l'occasion de lui poser la question. Nous n'avons eu aucun moment en tête à tête de toute la journée et, en plus, elle s'est couchée avant moi. Quand j'ai chuchoté son prénom dans l'obscurité, elle n'a pas répondu. Soit elle dormait, soit elle faisait semblant. J'essaierai de lui parler demain.

J'ai regardé un dernier film avec The Rock en compagnie de Beamer. Du moins, une bonne partie du film (*no comment*). Le défi est donc terminé. Nous n'avons pas encore divulgué nos scores. Il est prévu que nous les révélions demain soir, au carnaval.

Nous aurions probablement dû faire appel à un juge impartial pour noter les films, car Beamer trichera, c'est sûr. Et je suis déterminée à ne pas le laisser gagner. Mais, pour être tout à fait franche, j'ai vraiment apprécié ce défi, bien plus que ce que j'imaginais.

En revanche, ma position n'a pas changé : The Rock n'arrivera jamais à la cheville d'Arnold Schwarzenegger.

Ah, et j'ai ajouté un élément de plus à ma liste :

1. Mes yeux.
2. Mes sourcils.
3. Mes oreilles.
4. Mes cheveux.
5. Mes ongles.

6. Mes seins.
7. Mes avant-bras.
8. Mon sourire.
9. La peau de mon cou, juste en dessous des oreilles.

C'est tout pour aujourd'hui, cher journal.

Dimanche 31 décembre

La découverte du jour

1. *Tout fout le camp. Surtout moi.*
Source : je n'ai pas la force d'écrire, cher journal. Vraiment pas.

Lundi 1er janvier

La découverte du jour

1. *À la maison, c'est la pagaille, mais juste au sens propre. Pas comme celle que j'ai semée à Cobbers Bay, beaucoup plus difficile à réparer que quelques assiettes sales qu'il suffit de nettoyer.*

Source : je suis rentrée auprès de mon père. Ça t'étonne, cher journal ? Lui aussi était très surpris quand j'ai débarqué au milieu de la nuit. On dirait qu'il n'a rien nettoyé depuis notre départ. Ma mère va être plutôt contrariée, une fois de plus.

*

Au fait, bonne année, cher journal ! J'espère qu'elle sera meilleure que la précédente. Pour ce qui est des dernières semaines, du moins.

Le truc c'est que… pour une fois, je passais vraiment de bonnes vacances à Cobbers Bay. Je me sentais optimiste, pour moi, pour la vie ; je me réjouissais à l'idée de participer à ce ridicule concours de beauté ; je m'amusais avec mes amis ; je passais du bon temps avec Beamer. Pour une fois, ma mère semblait m'apprécier. Tout n'était pas parfait, mais c'était bien.

Seulement, je me berçais d'illusions.

Je sais déjà ce que tu penses : « Qu'a-t-il bien pu se passer ?! » Tu as de la chance, je vais te le raconter. Il faut que tout ça sorte de ma tête. Et de mon cœur.

Tu te souviens sans doute qu'hier, c'était le jour de diffusion de mon interview. Ça paraît vieux ! (C'était l'an dernier, arf, arf !)

Comme il pleuvait, nous nous étions réunis chez Jo pour regarder la saga *Mad Max*. Tout le monde n'avait vu que le dernier opus. Je leur ai donc fait remarquer que ne pas avoir vu les autres était aussi indigne d'Australiens que de ranger le ketchup dans un placard (Will, peu convaincu par mon analogie, n'a toutefois rien dit, ayant visiblement envie de voir les films). C'était une bonne distraction pour oublier le stress qui me nouait l'estomac chaque fois que j'actualisais la première page du journal en ligne sur mon téléphone, dans l'attente de voir apparaître ma photo. Leila a fini par m'arracher le téléphone des mains en me demandant de me calmer, mais elle a continué à procéder à l'opération d'actualisation.

Nous en étions à la moitié de *Mad Max 2 : Le Défi*, quand Leila a poussé un cri.

— Ça y est, l'article est publié !

Tu vois, le pire dans tout ça, c'est que ce film est désormais terni pour toujours. C'est un de mes *Mad Max* préférés, juste après *Fury Road*. Je ne pourrai plus jamais le regarder comme avant. J'suis dég.

Revenons à nos moutons.

Mon cœur battait à tout rompre quand Leila a connecté l'écran de son téléphone sur la télé de Jo pour que nous en profitions tous sur grand écran. La photo de mon visage souriant, plus grand que nature, est apparue accompagnée du titre : LE CONCOURS DE BEAUTÉ DE COBBERS BAY ACCEPTE UNE ADOLESCENTE XXL POUR FAIRE TAIRE LES CRITIQUES.

Mon cœur m'a lâchée.

La vidéo a commencé. À l'écran, je marchais sur la plage, le regard perdu vers l'océan, comme dans « Les Princes de l'amour », pendant que la voix de Sarah, la journaliste, disait : « Voici Maisie Martin, une jeune fille de seize ans bien décidée à casser les standards de beauté en devenant la première candidate grande taille du concours *Miss Teen Summer Queen.* »

J'étais glacée.

« Je ne pensais pas être sélectionnée », disait l'autre moi à l'écran en affichant un sourire désespéré.

Puis, plan sur Janice, la joyeuse dame de l'organisation, vêtue d'un costume à épaulettes, sans doute le look incontournable de l'année 1992, avec ses cheveux crêpés. Elle expliquait (toujours aussi gaiement) son souhait d'inscrire le concours dans le vingt et unième siècle, ajoutant : « La beauté existe sous toutes les tailles, nous sommes donc extrêmement ravis de compter Maisie, notre première candidate grande taille, parmi les participantes. »

J'ai senti mon cœur faire un bond, mon estomac se nouer. Le silence s'est fait dans la pièce.

Sur l'écran défilaient à présent des images de ma sœur : mince, belle, un sourire éblouissant. Dans le brouillard de mes pensées, j'ai cru entendre « les reines de beauté sont une affaire de famille » et « la pression pour se conformer à des critères », avant que la vidéo ne revienne sur mon visage, filmé alors que je n'arrivais pas à garder le sourire et que je scrutais mes pieds. La seconde d'après, je lève la tête avec un rictus qui ressemble davantage à une grimace, puis j'exprime par un couinement ma fierté de participer.

J'avais envie de vomir. De tomber dans les pommes. De foutre le camp.

Je m'étais mise dans de beaux draps. Ce n'était pas un coup de chance ou une erreur. C'était pire.

Je servais juste à tenir le rôle de la grosse de service.

La vidéo n'était pas finie, mais je ne voulais plus rien voir. Tout le monde me regardait et sentait que je pétais les plombs en silence.

Une fois la vidéo terminée, tous se sont rassemblés autour de moi. J'entendais leurs bouches parler d'une seule voix et, au loin, des mots tels que « ça va ? » ; « c'était pas si mal » ; « qu'ils aillent se faire voir » ; « laissez-la tranquille » ; « qu'est-ce qui se passe ? » ; « c'est pas bien ? » ; « tu leur montreras » ; « laissez-la respirer ! ».

Des mains ont saisi les miennes, m'ont soulevée. Des bras sont passés autour de moi, pour me conduire à l'extérieur.

Le ciel gris au-dessus de moi.

Reprendre mon souffle.

Respirer profondément.

Inspire. Expire. Inspire. Expire.

Reprendre lentement mes esprits.

Quand j'ai repris connaissance, Beamer m'observait, penché au-dessus de moi, le visage inquiet. J'ai compris que Leila m'entourait de son bras, qu'elle me soutenait. J'ai vu Anna agenouillée devant moi, la main sur ma jambe. Sebastian se tenait derrière elle, visiblement préoccupé.

Oh !... C'est tellement gênant.

— Ne dis pas de bêtises, ma chérie, m'a grondée Leila. Il n'y a pas de quoi avoir honte.

Mince. J'avais dit ça tout haut.

— Ça va, Maise ?

Là, c'était Sebastian.

— Je crois que oui, ai-je menti.

— Qu'est-ce qui t'arrive ? a demandé Anna.

J'ai regardé autour de moi pour trouver une réponse, en vain. Tout le monde me regardait fixement, sauf Beamer. Appuyé contre la rambarde de la terrasse de Jo, il avait détourné la tête, scrutant l'océan.

— Je ne sais pas, ai-je répondu. C'est horrible.

— J'ai trouvé ça super, Maise ! Tu t'es bien exprimée, a rétorqué Anna.

J'ai fait la grimace. Ressentant ma gêne, Sebastian a tapé sur l'épaule de Beamer en indiquant du menton le perron de la maison de Jo. Beamer l'a suivi sans dire un mot, juste après m'avoir adressé un petit sourire.

C'est à ce moment-là que j'ai éclaté en sanglots. Leila m'a serrée encore plus fort.

— Qu'est-ce qui ne va pas ? a demandé Anna.

— Ils ne veulent pas de moi. Personne ne veut de moi, ai-je pleurniché.

— Bien sûr que si ! C'est ça dont parle la vidéo. Tu es en train de faire bouger les choses !

J'ai secoué la tête, la gorge nouée par cette émotion que j'essayais de contrôler. Elle ne comprenait pas que mon but n'était pas de marquer l'histoire. Je voulais juste être comme tout le monde.

Toute ma vie, j'avais été différente. Pour une fois, je voulais entrer dans le moule, être acceptée. Mais visiblement, c'était impossible. Et tout le monde se surpassait pour me le rappeler.

— Qu'ils aillent se faire foutre ! s'est exclamée Leila. Qui a besoin d'eux et de leurs critères de beauté ridicules ? On les emmerde.

— J'ai déteint sur toi, a fait Jo depuis la porte, puis elle s'est approchée de moi, la main appuyée sur la rambarde. Ça va ?

J'ai hoché la tête. Ça n'allait pas, mais j'étais à court de larmes.

Jo me souriait.

— Oublie tout ça. Faisons plutôt la fête.

*

Le rendez-vous pour le carnaval avait été fixé une heure plus tard. Entre-temps, il fallait nous préparer, ce qui consistait, dans mon cas, à appliquer au moins dix couches de maquillage pour me sentir capable d'affronter le monde. Je rêvais surtout de me rouler en boule dans le lit et de ne plus jamais me lever. Seulement, les filles avaient promis que je me sentirais mieux si je sortais me distraire. Elles avaient raison.

Quand je suis arrivée au bungalow avec Anna, ma mère avait le regard rivé sur son téléphone et parlait à Laura, assise à côté d'elle sur le canapé. Elle s'est interrompue dès qu'elle nous a vues. Sans dire un mot, ma mère s'est levée et m'a serrée fort contre elle, puis elle s'est écartée en m'observant avec inquiétude.

— Missy-May, ignore tous ces commentaires. Ce ne sont que des trolls, des losers qui ont une vie pourrie, voilà tout. Tu as toute ta place dans ce concours et tu sais quoi ? Tu vas le gagner. Tu es magnifique, ma fille. Tu entends ?

Elle me comprimait les bras.

— Quels commentaires ? ai-je demandé en grinçant des dents.

— Seb et Beamer viennent de passer. Ils nous ont expliqué que tu étais contrariée, a expliqué Laura, compatissante.

— Mais de quels commentaires vous parlez ?

Je sentais la panique me gagner à nouveau. J'étais rongée par la crainte. Pitié, ça ne pouvait certainement pas être pire.

Sauf que si.

J'ai pris mon téléphone et, tout de suite, j'ai trouvé la vidéo sur Facebook avec déjà des dizaines de commentaires. Certains positifs, d'autres non.

Grosse vache.

Ça va être quoi son numéro ? Avaler 20 hamburgers d'un coup ?

Dégueulasse. Personne ne veut voir ça.

Je ne pouvais pas continuer à lire. Parce que les larmes me brouillaient la vue. Pour la première fois depuis des années, je me suis écroulée dans les bras de ma mère en pleurant.

— Tu peux encore annuler ta participation, ma chérie, a-t-elle fini par dire. C'est exactement ce que je craignais quand tu nous l'as annoncé. Je savais que ça te ferait du mal. Si seulement tu…

Je me suis brusquement libérée de son étreinte en secouant la tête. Je ne voulais pas entendre la suite. Je ne voulais plus du tout y penser.

— Je vais au carnaval avec Anna.

Ma mère a écarquillé les yeux. Elle a ouvert la bouche pour dire quelque chose, mais elle semblait hésiter.

— Je trouve que c'est une très bonne idée. Amuse-toi bien.

Puis elle a regardé Laura.

— On se retrouvera peut-être là-bas. On pensait justement y aller avec les jumeaux.

J'espère que non, ai-je pensé.

Je voulais une soirée sans parents et sans prise de tête. Une soirée libre de tout.

Ce qui prouve combien je suis naïve.

*

Je venais de terminer de m'épiler les sourcils quand ça m'a sauté aux yeux. En reculant pour observer le résultat, quelque chose a attiré mon attention dans le reflet du miroir : un bout de papier à moitié glissé sous mon oreiller.

Plié en deux, il semblait avoir été arraché d'un carnet. Mon nom était griffonné dessus d'une écriture peu soignée de garçon. Je l'ai déplié et… ouah !

J'étais contente qu'Anna soit sous la douche à ce moment-là. Je ne sais pas si j'aurais été capable de le lire.

En tout cas, ça m'aurait probablement empêchée de faire la pire connerie de ma vie.

Mais j'y reviendrai.

Là, sous mes yeux, de cette écriture qui ne s'était pas vraiment améliorée depuis que je l'avais découverte en secret des années plus tôt, s'étalait un poème. Un poème… pour moi ?

Un poème *sur* moi. Sur mon corps. Célébrant sa beauté.

Sebastian Lee… m'avait écrit un poème.

Pour la première fois depuis ce matin, un poids se détachait de mes épaules, immédiatement remplacé par des papillons dans le ventre. Une fois de plus, j'ai pleuré. Cependant, à la honte et à la détestation de moi s'était ajoutés de la gratitude, de l'espoir, mais aussi de la confusion.

Le bas de la feuille comportait un message : *Retrouve-moi devant la scène du carnaval à 17 h.*

Il était seize heures quarante-cinq.

— Maise, je ne me sens pas très bien. Je crois que je vais rester là ce soir, a dit Anna en revenant enroulée dans une serviette, les cheveux mouillés.

Anna, ma meilleure amie.

Anna, qui était avec Sebastian.

Sebastian, le mec dont je suis amoureuse depuis des années.

Sebastian, qui m'avait écrit un poème pour me remonter le moral alors que j'étais au fond du trou.

Ne pouvant plus faire marche arrière, j'ai murmuré :

— Je viens de me rappeler que je devais donner quelque chose à Leila. Je reviens vite.

Et je me suis ruée à l'extérieur.

Le carnaval se déroulait sur la promenade située à dix minutes de marche du bungalow. Je n'ai mis que six minutes pour faire le trajet.

Alors que je me frayais un chemin parmi la foule (à cette heure-là, il y avait surtout des familles avec des enfants en bas âge) je l'ai aperçu, debout devant la scène.

Il était là !

Nos regards se sont croisés et il m'a souri. Je suis arrivée à sa hauteur, le cœur menaçant d'exploser.

— Alors, tu l'as vu, a dit Sebastian.

C'était davantage une affirmation qu'une question.

— Oui, ai-je dit en lui montrant le bout de papier.

J'avais le souffle haletant d'avoir couru la moitié du trajet ; je n'étais d'ailleurs pas sûre de pouvoir un jour respirer de nouveau normalement.

— Ça devrait être intéressant.

Il a sorti son téléphone de sa poche et pianoté quelque chose. Puis il m'a regardée.

— Comment te sens-tu, Maise ?

— Ça va, ai-je répondu, peinant à reprendre mon souffle. Mieux qu'avant, en tout cas.

Il souriait.

— Écoute, tu es sublime… tu le sais, n'est-ce pas ? Ne laisse pas une bande de connards d'Internet, ou qui que ce soit d'autre, te faire croire le contraire.

Je te jure que si ces trolls se trouvaient face à moi en ce moment même, ils ne feraient pas long feu.

C'est la façon dont il a prononcé le mot « connards » qui a tout fait chavirer. Toutes ces années de désir et de sentiments refoulés se propageaient dans mon corps à la manière d'un raz-de-marée, du bas jusqu'au bout de mes doigts, avant de finir leur course entre mes lèvres. Un poème et une insulte, voilà tout ce qu'il fallait pour m'envoûter.

Faisant un pas en avant, j'ai pris son visage entre mes mains et rapproché le mien pour l'embrasser.

J'ai bien dit *embrasser.*

J'étais en train d'embrasser Sebastian Lee.

Embrasser Sebastian Lee.

Mais Sebastian Lee... ne me rendait pas mon baiser.

Il avait posé ses mains sur mes épaules et me repoussait.

J'ai ouvert les yeux et je n'ai vu que confusion, gêne et... pitié ? ... sur le sien.

— Maisie...

Il a alors été interrompu par le rugissement de l'enceinte à côté de nous. Ayant reconnu les premières notes de « (I've Had) The Time of My Life » du film *Dirty Dancing*, j'ai levé la tête. Une silhouette vêtue de noir est apparue sur scène.

Était-ce... Beamer ?

Oui, c'était bien lui.

Qui dansait.

J'ai bien dit qu'il *dansait.*

Le visage tout à fait concentré, il se trémoussait, sans qu'aucun mouvement soit en rythme.

Arrivé à l'avant de la scène, il s'est arrêté pour me faire signe d'approcher.

— On ne laisse pas Bébé dans un coin ! s'est-il exclamé.

Oh, merde ! Putain de merde.

J'ai senti tout mon corps se glacer. Sur scène, Beamer continuait à sourire. J'ai vaguement remarqué que des gens s'arrêtaient autour de nous pour voir ce qui se passait.

— Allez, Maisie Martin, tu ne vas pas me laisser planté là ?

J'étais tétanisée, incapable de parler. Je crois que je ne respirais même plus.

La chanson continuait.

Et le sourire de Beamer disparaissait lentement, laissant place au désarroi. J'ai vu son regard se poser sur Sebastian, qui se tenait tout près de moi, la main encore posée sur mon épaule. S'en rendant compte, Sebastian l'a alors brusquement retirée. Puis il s'est avancé vers la scène et a chuchoté quelque chose à Beamer. Je n'ai rien entendu, mais j'ai vu ce dernier poser de nouveau ses yeux sur moi. Et cette fois, j'ai vu dans son regard ce que je n'avais encore jamais observé chez lui.

Il était blessé. Et moi, je me sentais humiliée.

J'ai donc fait la seule chose en mon pouvoir.

Tourner les talons et m'enfuir en courant.

*

Qu'est-ce que j'ai pu courir ! J'ai pris mes jambes à mon coup jusqu'au bungalow. Puis j'ai continué ma course jusqu'à chez moi (cette fois, sur le siège passager de la voiture de ma mère).

Tu pensais vraiment que toute cette série d'humiliations, d'événements plus gênants et horribles les uns que les autres, c'était le pire qui m'était arrivé ? Ce serait mal me connaître, cher journal.

Je suis allée jusqu'à voler la voiture de ma mère.

Enfin, j'étais juste en possession des clés et ce n'était pas moi qui la conduisais. Peut-on vraiment parler de vol ?

Je pense que oui.

En tout cas, ma mère est bien de cet avis. Elle est furieuse.

Mais je vais trop vite.

Quand je suis retournée au bungalow, ma mère et Laura n'étaient pas là, en revanche, Anna se trouvait dans la chambre. Elle venait de déposer quelque chose dans sa valise.

Au moment d'entrer dans la pièce, elle m'a regardée d'un air coupable. Plus tard, j'ai compris pourquoi. Au début, je n'ai presque pas vu ce qu'elle faisait, trop submergée que j'étais par mes émotions (un mélange bouleversant que je ne saurais qualifier).

Tout. Rien.

Si, j'avais une certitude : il fallait que je quitte cet endroit. Je voulais disparaître. Rentrer chez moi.

— Qu'est-ce qui ne va pas ? m'a demandé Anna, les sourcils froncés.

Comment lui raconter ce qui venait de se passer ? Elle me détesterait. Comme Sebastian me déteste probablement. Quant à Beamer, c'était certain.

— Je veux rentrer chez moi, ai-je répondu.

Elle m'a observée pendant un moment. Je pleurais comme un bébé, avec plein de morve, c'était dégoûtant.

— On n'a qu'à partir, a-t-elle proposé.

J'ai failli m'étouffer.

— Quoi ?

— On fout le camp. Il n'y a personne ici ce soir. Jusqu'au matin, ils ne se rendront sûrement compte de rien. Entre-temps, tu seras arrivée chez ton père. Qu'est-ce qu'ils pourront y faire ?

C'était tentant.

— Mais comment ?

— On pourrait emprunter la voiture de ta mère. J'ai mon permis.

— Comment elle fera pour…

— Allez, Maise, on le fait. Tu préfères rester ici une semaine de plus ?

J'aurais dû me douter de quelque chose. J'aurais dû m'interroger sur ses intentions. Sur le moment, je cherchais juste à cacher les miennes. J'avais besoin de fuir. Sa proposition était trop alléchante pour m'y opposer.

Voilà comment je me suis retrouvée à passer le réveillon du Nouvel An dans une voiture volée, avec ma meilleure amie au volant, et toutes mes inquiétudes qui s'évanouissaient derrière moi.

Sauf que je me trompais. Évidemment que celles-ci n'avaient pas miraculeusement disparu. C'est justement le propre des inquiétudes : elles restent dans la tête et nous suivent partout comme des petits chiots (en beaucoup moins mignon).

Le bon côté des choses, c'est que je n'avais à affronter personne. Revivre sans fin l'humiliation de ces derniers jours m'était épargné. Au moins, je pouvais faire semblant que tout allait bien.

Mais qu'est-ce qui me prend de dire ça ? En réalité, je n'ai fait qu'aggraver la situation.

J'ai vraiment merdé, cher journal.

Mardi 2 janvier

Les deux découvertes du jour

1. *The Rock a fait beaucoup trop de films.*
Source : je cherchais un bon film d'action sur Netflix dans lequel il ne JOUE PAS et c'était mission impossible. J'ai dû me résoudre à choisir une autre catégorie et j'ai regardé plein de films d'horreur à la suite. Je ne vais sans doute pas fermer l'œil de la nuit. De toute façon, c'était déjà mal parti.

2. *J'ai mis à jour la liste de ce que j'aime chez moi.*
Source : voir plus bas.

*

Cher journal, voici la liste :
...

Mercredi 3 janvier

La découverte du jour

1. *Je ne sais pas si les choses redeviendront un jour comme avant entre Anna et moi. Je ne suis même pas sûre d'en avoir envie.*

Source : Anna est venue me voir aujourd'hui et nous avons eu une longue conversation. Ça nous a fait du bien. Mais tout est encore bizarre.

*

Si tu as l'impression d'avoir loupé des épisodes, cher journal, c'est normal. L'autre jour, ça faisait trop de choses à la fois, alors j'ai fait l'impasse sur ce qui s'était passé entre Anna et moi. Tu sais, après le vol de la voiture de ma mère.

Ces huit heures de trajet bloquées dans le même habitacle, où *tout* a éclaté.

Quatre heures après le début de notre petite aventure, j'ai commencé à avoir de sérieux doutes sur ce qu'on faisait. Je repensais à la vidéo, aux trolls, à l'expression de Sebastian… à celle de Beamer… et tout était lentement remplacé par l'inévitable vision de ma mère perdant la raison après avoir découvert que nous avions disparu… avec la voiture.

Jusqu'alors, j'avais trouvé notre escapade plutôt amusante. Grisante, même. Nous écoutions de la musique à fond, hurlant et riant à gorge déployée. Nous nous sommes arrêtées dans une station-service pour boire du mauvais café et acheter des friandises. J'avais l'impression d'être dans un film. C'était libérateur.

Pourtant, quelque chose me tracassait. Je pense que c'était la culpabilité. Et la peur. Voire une bonne dose de regrets. Pas seulement pour ce que j'avais fait, mais aussi pour ce que j'étais en train de faire. Et ça a grossi, grossi, grossi, grossi jusqu'à ce que…

— Il faut faire demi-tour !

Anna a tourné la tête vers moi sans rien dire.

— Allez, Anna ! On a bien rigolé. Maintenant, faut qu'on y retourne.

— T'es sérieuse ? On est presque arrivées !

— On en a encore pour des heures. Allez, on y retourne. Ce n'est pas trop tard. Comme tu l'as dit, personne n'aura rien remarqué.

J'ai envoyé un message à Leila pour lui annoncer que je n'irais pas au carnaval pour cause de moral dans les chaussettes. Elle m'a souhaité un bon rétablissement en me rappelant notre rendez-vous du lendemain (c'était en partie ce qui me tracassait).

— Anna ?

Elle ne quittait pas la route des yeux.

— *Anna ?*

— On n'y retournera pas, Maisie. C'est le moment d'arrêter d'être une mauviette !

— Pardon ?!

— C'est ça, ta spécialité, hein ? Fuir. Te cacher. De tout.

— De quoi tu parles ?

— Tu te souviens de ce jour de quatrième, où Pete O'Grady t'a demandé de sortir avec lui ? Tu t'étais précipitée dans les toilettes pour te cacher. J'avais littéralement dû te sortir de là. Parce que tu *plaisais à un garçon* !

— Je ne lui plaisais pas. C'était toi qu'il voulait, ai-je murmuré.

— C'est à toi qu'il l'a demandé.

— Pour se rapprocher de toi !

Elle s'est brusquement tournée vers moi. Dans ses yeux, je percevais nettement sa colère. Ça m'a fait mal.

— Et quand on devait faire cette présentation de groupe en seconde et que tu t'es dégonflée à la dernière minute ?

— J'étais malade.

C'était vrai. Malade de peur. Je pensais qu'elle le comprenait.

— Ou encore, il n'y a pas moins de deux semaines, quand tu as disparu toute la journée alors que je suis venue passer ces fichues vacances *avec toi*, pas seule avec *ta* famille et *tes* amis. Et là, pour une fois que j'accepte ta décision de fuir, tu te dégonfles ?

J'ai écarquillé les yeux.

— Mais pourquoi t'es aussi déterminée à rentrer ?

Elle s'est tue, le regard de nouveau fixé sur la route.

— Anna ?

Elle a soupiré.

— Écoute, Dan m'a écrit. Il est désolé pour tout et veut qu'on se remette ensemble. Ce soir, il va à une fête pour le Nouvel An, et j'espérais le retrouver avant minuit… Tu sais, la jouer romantique, quoi.

L'ombre d'un sourire est apparue sur son visage.

J'ai senti quelque chose grossir dans ma poitrine à mesure qu'elle parlait. Quelque chose qui me nouait la gorge et qui s'apparentait à de la rage.

— Dan ? ai-je murmuré.

Anna m'a jeté un regard.

— Ouais.

— Dan l'enfoiré ?

Elle a levé les yeux au ciel.

— Faut grandir, Maisie.

La rage a explosé.

— Putain, t'es sérieuse, Anna ?

— Quoi ?!

— T'as oublié tout ce qu'il t'a fait endurer ?

— Il a changé.

— Il t'a trompée !

— Il le regrette.

J'ai pris une grande inspiration, tentant de contrôler ma fureur.

— Et Sebastian ? ai-je ajouté avec un léger tremblement dans la voix.

Elle a haussé les épaules.

— C'était juste un flirt d'été, rien de plus.

J'en tremblais. *Juste un flirt ?*

C'est alors que les mots ont fusé sans que je parvienne à les arrêter.

— Alors ça ne te fera rien de savoir que je l'ai embrassé.

Cette fois, elle était choquée.

— Tu... *Quoi ?* Quand ? Comment ?

— Juste avant qu'on s'en aille. Quand je suis sortie tout à l'heure, c'était pour le retrouver.

Elle est restée bouche bée quelques instants, puis s'est mise à rire jaune.

— Mais t'es vraiment qu'une grosse hypocrite ! Tu me fais la morale sur Dan, comme si c'était la pire personne du monde, alors que te tapes le mec de ta meilleure amie ?

— Je croyais que c'était juste un flirt, ai-je rétorqué, d'un ton gentiment moqueur.

Elle a secoué la tête.

— Je le savais ! Je *savais* que tu avais encore un faible pour lui ! Tu as insisté pour me faire croire que ça allait alors qu'en fait tu attendais d'avoir une chance.

— Si tu le savais, alors pourquoi tu me l'as volé ?

— Pour parler de vol, il faudrait d'abord qu'il puisse y avoir quelque chose entre vous, a-t-elle craché.

Par réflexe, mon corps a réagi comme si je venais de me prendre une gifle.

Je n'avais pas grand-chose à ajouter.

Ainsi, nous avons passé le reste du trajet dans un silence pétri d'amertume.

*

Il était plus d'une heure du matin quand nous sommes enfin arrivées chez moi. Dan l'enfoiré était déjà là, assis sur le trottoir devant ma maison. Elle a couru droit dans ses bras puis ils sont partis, me laissant seule devant l'entrée. La maison était plongée dans le noir, silencieuse. Je réfléchissais à ce qui ferait le moins peur à mon père : utiliser mes clés pour entrer ou frapper à la porte ?

L'estomac noué, j'ai opté pour la seconde solution. Il allait sans doute imaginer que quelque chose de terrible était arrivé, quelque chose de bien pire que ce que j'endurais. Tout d'un coup, tandis que je me tenais là, à l'aube de la nouvelle année, ma situation paraissait un peu ridicule.

Je n'oublierai jamais la panique de mon père quand il a ouvert la porte, la vue encore troublée par le sommeil. Il ne s'était visiblement pas rasé depuis des semaines.

— Qu'est-ce qui s'est passé ?! C'est ta mère ? C'est Eva ?

— Tout le monde va bien, ai-je dit sans parvenir à contenir mes sanglots. Je suis désolée, papa. Vraiment désolée. Je voulais juste rentrer à la maison.

Il m'a prise dans ses bras et, pour la deuxième fois au cours de cette longue et horrible journée, j'ai pleuré tout contre l'un de mes parents, comme si j'avais de nouveau cinq ans.

Je n'ai pas raconté toute l'histoire à mon père, juste donné quelques détails pour qu'il saisisse pourquoi j'avais débarqué devant sa porte au milieu de la nuit. (Mais je ne crois pas qu'il ait vraiment compris. Après tout, moi non plus.) Il a appelé ma mère. Comme Anna l'avait prédit, elle était encore de sortie avec Laura et ne s'était pas rendu compte de notre départ.

J'avais vraiment l'impression de l'entendre hurler depuis Cobbers Bay.

Mes parents se sont disputés cette nuit-là. Et le jour suivant. Ils n'arrivaient pas à se mettre d'accord à mon sujet, ni au sujet de la voiture ou du retour de ma mère.

Comme je l'ai déjà dit : j'ai vraiment merdé.

*

Ce qui me ramène à aujourd'hui. Mon père a repris le travail. Ma mère m'envoie régulièrement des messages pour bien me faire comprendre que je vais avoir beaucoup de problèmes. Leila m'écrit tout le temps pour savoir si je vais bien, en plus d'identifier mon nom sur des photos d'animaux mignons et des mèmes ridicules qui me font rire. Eva a essayé de m'appeler plusieurs fois. Elle m'a même envoyé un message pour m'implorer de revenir. En revanche, silence radio du côté d'Anna.

Ce matin, j'ai décidé de prendre sur moi. Je lui ai envoyé un message pour lui dire de passer à la maison. *Il faut qu'on parle*, ai-je écrit, comme une mauvaise réplique de rupture.

D'une certaine façon, c'était une forme de rupture. Pas totale. Juste une cassure dans notre amitié. Notre relation n'avait pas été idyllique, ces derniers temps. Je me demandais d'ailleurs si elle l'avait vraiment été un jour.

De toute évidence, nous avions vécu de très beaux moments. Avec elle, j'avais eu mal aux côtes et au visage d'avoir trop ri ; je m'étais sentie euphorique, vivante et beaucoup plus en phase qu'avec qui que ce soit d'autre.

Mais entre ces moments-là ? J'avais toujours eu l'impression d'être à la traîne. Et qu'à la moindre incartade, je me retrouverais seule.

Je ne pense pas que ce soit sa faute. C'est surtout parce que je manque de confiance en moi... cette façon que j'ai de ne jamais me sentir à la hauteur.

Seulement, j'ai pris conscience d'un truc, ces dernières semaines. Jamais je n'ai ressenti ces choses-là avec Leila. Ou... avec Beamer. Et c'était tellement apaisant. Je me libérais enfin de cette souffrance que j'éprouvais sans m'en rendre compte.

Je crois que la dispute qui a éclaté entre Anna et moi était inévitable. Tout comme la conversation que nous avons eue aujourd'hui.

— Je suis vraiment désolée, Maisie, a-t-elle dit en arrivant.

Je croyais en sa sincérité. Mais ça n'était pas suffisant.

— Désolée de quoi ? ai-je demandé.

— Pour... l'autre soir. Je t'ai mise dans une sale situation. Moi aussi, d'ailleurs.

Ma mère avait appelé celle d'Anna et elles s'étaient querellées, ce qui n'avait fait que redoubler la colère de maman à mon égard.

— Rien d'autre ? ai-je ajouté.

Anna a esquissé une grimace et regardé autour d'elle, comme si elle cherchait la bonne réponse, puis elle a soupiré.

— Si... Je suis désolée pour tout.

J'ai hoché la tête, luttant pour ne pas pleurer. J'avais assez donné, ces derniers jours.

— Je savais… je savais qu'il te plaisait, a poursuivi Anna, mais je me sentais au plus bas après ma rupture avec Dan. Sebastian était tellement gentil avec moi. J'avais le sentiment de mériter un peu de bonheur, tu comprends ? Et… je ne pensais pas que tu avais tes chances avec lui, alors j'ai voulu en profiter.

Et voilà, les larmes ont fait leur apparition.

Anna s'est approchée de moi pour me prendre dans ses bras.

— Je suis tellement désolée, Maise.

J'ai secoué la tête, ravalant mes sanglots.

— Je suis désolée aussi. Je n'aurais pas dû embrasser Sebastian. Pour plein de raisons. Notamment parce que tu étais avec lui. Mais, Anna… tu m'as fait tellement de mal.

— Tu avais dit que ça ne te dérangeait pas !

Je l'ai interrompue.

— Tu savais que c'était faux.

— Alors pourquoi tu m'as dit ça ?

Elle commençait à s'énerver.

— Parce que tu es mon amie ! Parce que je voulais que tu sois heureuse. Parce que… moi aussi, je pensais que je n'avais aucune chance avec lui.

— Comment peux-tu être en colère contre moi ?

J'ai soufflé et ri nerveusement.

— Parce que tu es mon amie ! Tu es censée vouloir mon bonheur, toi aussi.

Elle a haussé les sourcils.

— Qu'est-ce qui pourrait te rendre heureuse, Maisie ?

— Je ne sais pas, ai-je chuchoté en passant ma main sur mon visage.

— Fais-moi signe quand tu le sauras.

Sur ce, elle s'est levée pour partir.

Avant de passer le seuil de la porte, je lui ai demandé d'attendre.

— J'aimerais qu'on arrête de se disputer, ai-je dit.

— Moi aussi.

Nous sommes restées en silence pendant un moment, puis elle a demandé :

— Alors, on fait quoi ?

J'ai levé les yeux vers elle. J'étais tellement jalouse, tellement en colère sans même le savoir. Ou peut-être que je le savais mais refusais de le voir. Je ne pouvais pas continuer à faire semblant.

— Ça va prendre du temps, ai-je répondu.

— Du temps, a-t-elle rétorqué en butant sur le mot.

Puis elle s'est baissée pour me prendre dans ses bras.

— Alors laissons faire le temps.

Jeudi 4 janvier

Les deux découvertes du jour

1. *Mon père est un prodige de lâcheté.*
Source : j'ai découvert le gros mensonge qu'il tisse depuis des mois.

2. *Comme lui, je n'ai rien dans le ventre.*
Source : ma mère a toujours dit que j'étais le portrait craché de mon père. J'en étais plutôt fière. Aujourd'hui, beaucoup moins.

*

Cher journal, tu n'arriveras jamais à croire ce que j'ai découvert aujourd'hui. Mon père est un lâche.

J'avais prévu de lui faire la surprise de déjeuner avec lui au travail. Et quelle surprise ! Surtout pour sa secrétaire.

— Maisie ? Qu'est-ce que tu fais là ? m'a demandé Donna.

Sans même attendre ma réponse, elle a poursuivi :

— Tu viens récupérer les affaires de ton père ? Malheureusement, il faudra qu'il vienne en personne quand tout le monde sera rentré de vacances. Je ne peux pas te faire entrer. Désolée, c'est le règlement.

— Rentré de… vacances ?

Donna semblait déroutée.

— Le bureau est fermé. Comme tous les ans. Tu es au courant.

— Euh…

Mon cerveau s'efforçait d'assembler toutes les pièces du puzzle, mais il en manquait.

— Tu n'as pas vu ton père aujourd'hui ?

— Si, ce matin. Avant qu'il parte au travail.

Donna affichait un regard interrogateur. On était visiblement deux à ne pas comprendre ce qui se passait.

— Je te conseille de l'appeler pour voir ce qu'il fait.

J'ai donc mis ce plan à exécution.

— Eminem ! Quoi de neuf ? J'espère que tu ne regardes pas un film nul sans moi.

Mon père parlait d'un ton particulièrement enjoué.

— Salut, papa. Euh… je voulais te faire une surprise au travail à midi et…

— Oh, je suis désolé, Em. Je ne peux pas, je suis débordé aujourd'hui.

— Mais j'y suis, là. Où es-tu ? Donna m'a dit que…

— Tu es au bureau ?

Soudain, sa voix n'était plus aussi gaie.

— Oui, comme je viens de le dire, mais Donna dit que c'est fermé. Qu'est-ce que tu fabriques ?

Le silence s'est fait, puis il a soupiré.

— Retrouve-moi à la maison, d'accord ? Je vais… tout t'expliquer.

Sur ce, il a raccroché.

J'ai regardé mon téléphone avant de me tourner vers Donna avec une expression qui révélait sans doute mon sentiment d'horreur, vu la compassion qu'affichait son visage.

Je me suis dépêchée de rentrer chez moi ; j'avais des haut-le-cœur et l'esprit qui s'emballait. Qu'est-ce qui pouvait bien se passer ?

C'était forcément une liaison. Quoi d'autre, sinon ?

Quand je suis arrivée, mon père était déjà à la maison, assis dans le salon, la tête entre les mains, l'air totalement abattu.

— Papa ?

J'ai couru pour m'asseoir à côté de lui.

— Papa, qu'est-ce qui se passe ?

Il ne disait rien.

— Papa, tu me fais peur.

— Oh, Maisie ! Comment je vais faire ? a-t-il soupiré.

— Qu'est-ce qui s'est passé ? Raconte-moi.

Il a fini par m'en parler, par m'expliquer comment, après des mois de rumeurs de coupes budgétaires au travail, il avait été convoqué par son patron.

— Soit c'était pour m'augmenter, soit pour me virer, a-t-il précisé en faisant la grimace.

C'était pour le virer. Enfin, le licencier pour raisons économiques, ce qui n'est apparemment pas la même chose, ce motif de licenciement n'étant pas le pire, dans le sens où il n'avait rien fait de mal. On n'avait simplement plus besoin de lui.

Je ne trouvais pas ça forcément mieux.

Mon père était du même avis. C'est pourquoi il n'arrivait pas à le dire à ma mère. À personne dans la famille. Il se sentait humilié, déprimé. C'était arrivé en novembre, au moment où le lycée me stressait, et où ma mère était en plein dans la frénésie des achats de Noël. Nous attendions tous les vacances, il ne voulait pas les gâcher. Il pensait nous l'annoncer plus tard, quand il aurait trouvé un autre travail. Grâce à son indemnité de licenciement, nous étions encore à l'abri financièrement. C'était surtout sa fierté qui en avait pris un coup. Et sa foi en l'avenir.

— Personne n'embauche, a-t-il poursuivi en plongeant son visage dans ses mains. Du moins, personne de mon âge. Qu'est-ce que je vais bien pouvoir faire ? Je suis trop vieux pour tout recommencer.

Je ne savais pas quoi répondre à ça. Et j'avais des questions, moi aussi.

— Qu'est-ce que tu as fait durant tout ce temps où on croyait que tu étais au travail ?

Alors qu'il avait cessé de travailler au début du mois de décembre, il continuait à se lever, à s'habiller comme d'habitude, à quitter la maison à huit heures et à rentrer tous les soirs après dix-huit heures ; il nous parlait du stress qu'il subissait au bureau, des grands projets sur lesquels il travaillait. Je n'arrivais pas à croire jusqu'où il était allé pour nous cacher la vérité.

Il a soupiré. Jamais je n'avais vu mon père aussi maussade.

— J'allais à la bibliothèque, au parc ou au pub.

La culpabilité se lisait sur son visage.

— Pourquoi n'avoir rien dit ?

— Je n'y arrivais pas, Maisie.

— Alors, pourquoi mentir ?

J'essayais de rester calme (je voyais bien qu'il était vraiment abattu), mais moi aussi j'étais triste.

— Je suis désolé, vraiment.

Voilà tout ce qu'il disait.

— Pourquoi raconter toutes ces conneries comme quoi tu devais travailler pendant les vacances, alors que c'était faux ? Pourquoi ?!

— J'avais juste besoin de temps, tu comprends ? Pour y voir plus clair. Et faire une thérapie Netflix, a-t-il dit en esquissant un sourire timide.

Cela n'a fait qu'accroître ma colère. Parce qu'il avait menti, caché la vérité et agi comme un lâche. Certes, pour ne pas nous faire du mal, mais c'était bien pire. J'étais folle de rage.

D'ailleurs, si j'étais autant en colère, c'était précisément parce que je comprenais très bien. C'était donc ça ! « Le portrait craché de ton père », répétait si souvent ma mère, à juste titre. Ce que j'avais fait, ma fuite, tout ça n'était pas si différent du mensonge de mon père. Fuir les problèmes. Fuir plutôt qu'affronter les gens.

J'ai menti, caché des choses, agi comme une lâche. Et, dans toute cette histoire, celle qui en souffre le plus, c'est probablement moi.

— Tous les deux, il faut qu'on arrête de fuir, ai-je conclu.

Vendredi 5 janvier

Les trois découvertes du jour

1. *Il vaut mieux affronter les problèmes plutôt que de les fuir. Vraiment ! Certes, c'est une découverte vieille de deux semaines, mais la prise de conscience d'alors n'était probablement pas assez forte.*
Source : sans toutefois vouloir porter la poisse… la situation semble nettement s'améliorer.

2. *Le granité à la pomme = Grosse déception.*
Source : mes papilles et la station-service qui n'avait plus le parfum framboise (comment est-ce possible ?!).

3. *La musique de mon père n'est pas si mal.*
Source : j'en ai beaucoup écouté aujourd'hui. J'aime bien INXS. Mais ça reste entre nous !

*

Cher journal, devine où je me trouve ?

Allez, un petit effort.

Je te laisse quelques secondes pour y réfléchir.

Trois.

Deux.

Un.

Top ! Si tu as deviné que je suis de retour à Cobbers Bay, c'est gagné !

Mon père et moi avons refait la route jusqu'à la station balnéaire. Sans Anna, restée chez elle avec Dan, celui que je ne dois plus appeler « l'enfoiré » puisqu'ils se sont remis ensemble, mais que j'associe quand même à un gros abruti. Je ne l'ai pas revue depuis la fameuse conversation de l'autre jour (sur le temps).

En tout cas, il faudrait que je plante un arbre pour compenser toute l'essence gaspillée à cause de mes âneries.

Ânerie. Un bien joli mot, n'est-ce pas ? C'est celui que ma mère a employé juste après m'avoir annoncé que j'étais punie jusqu'à mes trente ans.

Mais je vais trop vite. Laisse-moi revenir en arrière.

Tu te souviens de la confidence de mon père ? Bien sûr que tu t'en souviens, ça ne date que d'hier. Bref, après cette discussion, nous avons décidé de dire la vérité à ma mère, mais il était impensable de le faire au téléphone. Puisqu'elle était coincée à Cobbers Bay à cause de moi, mon père a eu l'idée de faire d'une pierre deux coups et de repartir là-bas ensemble. Ça voulait donc dire que j'allais devoir affronter mes propres démons. C'était nécessaire, je le savais à présent. Mais j'étais très angoissée. Et mon père aussi.

Nous étions d'accord sur un point : laisser traîner la situation ne ferait qu'empirer les choses, si bien que nous avons préféré unir nos forces et pénétrer avec courage dans le champ de mines.

Le trajet était plutôt agréable. Nous avons beaucoup parlé, comme pour rattraper la distance et le silence qui s'étaient installés ces dernières semaines. En ce qui me concerne, je cherchais aussi à ne pas trop réfléchir.

En lui racontant en détail tout ce qui s'était passé (enfin, *pas tout* car il vaut mieux épargner certaines choses aux parents), je me suis rendu compte combien il m'avait manqué.

Voici, en résumé, l'avis de mon père sur la situation.

À propos d'Eva : « Je veux qu'elle soit heureuse. Que vous le soyez toutes les deux. »

De ma mère : « On ne va *pas* divorcer. Du moins, je ne le souhaite pas. Avec vous, ta mère est ce qu'il y a de plus précieux dans ma vie. Mais j'ai vraiment merdé. J'espère qu'elle saura me pardonner. »

Sur Anna : « Les gens changent, les amitiés évoluent. Peut-être que ça s'arrangera entre vous, peut-être pas. Mais quoi qu'il arrive, ça ira. »

Sur Beamer : « Il a des goûts de chiotte en films d'action, ne lui adresse plus jamais la parole. » (J'ai seulement raconté notre défi. Pour le reste, c'est MOTUS ET BOUCHE COUSUE !)

Sur Leila : « Elle a l'air charmante, j'ai hâte de la rencontrer. Si ta mère ne m'a pas tué d'ici là. »

Sur le concours de beauté : « Tu ne vas pas laisser une bande d'enfoirés d'internautes t'empêcher de faire quelque chose, hein ? Ne leur donne pas cette satisfaction, Em. La force est en toi. »

Parfois mon père est génial.

*

Nous sommes arrivés à Cobbers Bay juste avant l'heure du dîner.

Dès que nous avons garé la voiture, ma mère est sortie en courant du bungalow. J'avais à peine ouvert la portière qu'elle m'a prise dans ses bras.

— Maisie Martin ! Je ne te quitterai plus jamais des yeux, au moins jusqu'à tes trente ans ! Jamais je n'aurais imaginé de pareilles âneries de ta part.

Elle m'a quand même serrée très fort dans ses bras, comme jamais auparavant.

Quand mon père est apparu à l'avant de la voiture, ma mère m'a lâchée et leurs regards se sont croisés. J'ai retenu mon souffle jusqu'à ce que ma mère s'avance vers lui et pose ses mains sur son visage.

— Tu m'as manqué, imbécile.

Mon père l'a serrée dans ses bras pendant un long moment.

— Il faut qu'on parle. J'ai beaucoup de choses à te dire.

Il lui a proposé de faire un tour jusqu'aux piscines naturelles, leur lieu préféré. Je me suis demandé si c'était une bonne idée de lui annoncer la nouvelle dans un endroit aussi isolé, plein de rochers saillants et d'eau profonde…

Mais je n'ai rien dit.

*

Je te propose une nouvelle devinette : qui a fait son apparition pendant que ma mère et mon père étaient partis ?

Pas Beamer. Pourquoi serait-il venu ?

Pas Seb non plus.

Non ! C'était Eva ! Ma très chère grande sœur.

Elle voulait me parler. Décidément, c'est la mode dans la famille.

Je me dis que je devrais faire pareil. Te raconter quelque chose que je n'ai jamais avoué à personne, cher journal. Quelque chose qu'il te faut comprendre avant que je poursuive.

Je t'ai déjà dit combien Eva et moi dansions dans le passé, n'est-ce pas ? Notre rêve, c'était de participer au concours ensemble.

Jusqu'à ce qu'Eva décide de tout annuler. Soi-disant parce que ce n'était pas assez bien.

Cela s'est passé quand j'avais treize ans. Je dansais encore à l'époque sans pour autant aimer ça. La danse me permettait de m'évader, de faire taire mes pensées et, pour une fois, d'accepter mon corps. J'oubliais la gêne qui me hantait d'ordinaire.

En grandissant, j'avais de plus en plus de mal à me laisser aller.

Cette année-là, j'avais beaucoup grossi. De grassouillette, j'étais passée en surpoids.

Ma prof de danse m'incitait à perdre du poids. Ma mère me faisait suivre un régime. Je mettais deux brassières de sport pour contenir ma poitrine, comme si ça pouvait servir à quelque chose.

J'entendais les chuchotements des autres filles dans mon dos. Déjà ça, c'était dur. Mais, pire encore, il y avait celles qui m'insultaient en face. « T'es qu'une grosse vache qui ne mérite pas de sortir, encore moins d'être sur scène », m'a un jour dit Matilda Johnson, la plus méchante de toutes. Autour d'elle, les autres avaient rigolé et poussé des cris de vache.

À ce moment-là, j'avais failli tout arrêter, mais, grâce à Eva, à qui j'avais tout raconté, je m'étais retenue de le faire.

Selon elle, ces filles étaient simplement jalouses. Elle m'avait assuré que j'étais une excellente danseuse. Qu'elle *adorait* danser avec moi.

Parce que quand on dansait ensemble, on était toujours parfaitement synchro. Connectées. De vraies sœurs.

Le fait que nos corps ne se ressemblent pas, cela n'avait pas d'importance. Nos mouvements étaient harmonieux.

Du moins, c'était ce que je pensais.

Pour nos vacances à Cobbers Bay, j'avais proposé à Eva de participer au concours, vu que nous avions enfin l'âge pour nous y présenter ensemble. Elle n'attendait que ça. Moi aussi. C'était notre année.

Contre toute attente, elle s'était contentée de hausser les épaules et de formuler des réponses vagues pour me décourager.

Alors, j'avais insisté. « C'est bientôt la fin des inscriptions, on va rater la date », avais-je observé tandis que nous étions seules à la plage. Étendue sur sa serviette, elle lisait. Assise à côté d'elle, je mangeais des frites saupoudrées de *chicken salt*[1]. J'avais tendu la barquette sous son nez, elle n'en voulait pas. Visiblement, je la dérangeais. J'ai quand même insisté.

— Allez ! m'étais-je exclamée. Il faut s'inscrire, maintenant.

Elle m'ignorait.

— Eva.

Aucune réaction.

— Eva !

Toujours rien.

— EVA !

Je lui avais lancé une frite.

— Ça suffit, Maisie !

— La voilà qui parle enfin. Tu veux qu'on y participe ou pas, à ce concours ?

Elle avait roulé sur le ventre, venant s'appuyer sur ses coudes pour continuer à lire.

— Je me suis déjà inscrite, avait-elle murmuré.

— Quoi ?

— Je me suis déjà inscrite.

Sa voix était plus forte cette fois.

— Nous deux ?

— Juste moi.

De nouveau le silence.

— Oh ! Alors… il faut que je m'inscrive en solo aussi ?

Silence.

— Tu penses vraiment que c'est une bonne idée ?

— Qu'est-ce que tu veux dire par là ?

1. Condiment typiquement australien à base de poulet.

— Je ne pense pas que tu seras prise.

— Pourquoi pas ?

Je l'avais vue me jeter un regard à travers ses lunettes noires, puis j'avais baissé la tête, scrutant mes frites et perdant l'appétit.

— Tu as honte de moi ?

Rien.

— Réponds !

— Non, je veux juste... gagner, tu comprends ? J'en ai besoin.

— Et notre...

Je n'avais pas terminé ma phrase car elle s'était remise à lire. Des larmes me sont montées aux yeux.

— T'es vraiment une sale garce !

Elle avait ricané.

— Ce n'est pas ma faute si tu ne sais pas te contrôler.

— Donc tu as honte de moi !

— Comment peux-tu m'en vouloir, Maisie ? Même toi, tu as honte ! Tu te plains sans arrêt, mais tu ne fais rien pour y remédier. Si tu ne veux pas que les gens te traitent de grosse vache, arrête d'en être une. Tu t'imagines que je vais accepter de danser avec toi, alors que tu n'es plus à la hauteur. Regarde-toi ! Tu n'as pas ta place sur scène !

Que pouvais-je répondre à ça ?

Je m'étais levée très lentement avant de m'éloigner sans dire un mot.

À peine n'étais-je plus dans sa ligne de mire que j'avais éclaté en sanglots.

Ma sœur était mon pilier. Or, ce jour-là, elle m'avait complètement détruite.

Je ne lui avais plus adressé la parole de l'été. Elle non plus.

Je pensais que ça m'irait très bien, mais en réalité, j'en souffrais davantage. Malgré la colère que j'éprouvais à son égard, il m'aurait suffi d'un mot de sa part – un seul « pardon » – pour nous réconcilier. Alors, je me serais sentie beaucoup mieux.

Tout ce que je voulais, c'était une parole, un geste, quoi que ce soit, qui montre qu'elle en avait quelque chose à faire de moi. Je n'ai rien obtenu.

Quand nous étions rentrées à la maison, j'avais annoncé à ma mère que j'arrêtais la danse pour de bon.

Eva, quant à elle, ne vivait plus que pour la danse. Il était difficile de percevoir que nous ne nous parlions plus, vu que nous étions si rarement dans la même pièce. La danse dévorait sa vie. Elle dévorait toute notre famille.

Quand Eva a déménagé à Melbourne, ç'avait été un immense soulagement. J'étais enfin libérée d'elle et de l'ombre que son petit corps maigre jetait sur moi.

Entre nous, le silence persistait.

Puis, l'année dernière, Eva a fait son coming out. Soudain, elle a voulu que nous redevenions sœurs.

— J'ai besoin de toi, Maise.

Moi aussi, j'avais besoin d'elle. Tellement besoin. Mais je ne lui avais toujours pas pardonné.

— Je m'en fiche que tu sois lesbienne. Ce que je ressens pour toi n'a pas changé, tu n'es plus ma sœur et je ne veux plus jamais t'adresser la parole.

Le silence l'avait de nouveau emporté. Jusqu'à ce que, contre toute attente, Eva se mette à m'envoyer des e-mails et des messages. Rien de spécial. Elle me racontait ce qu'elle faisait de ses journées ou ce qu'elle avait vu qui lui faisait penser à moi. Je ne répondais jamais.

Ce qui nous amène plus ou moins à aujourd'hui.

Maintenant, tu sais tout, cher journal.

*

— Salut. Je voulais te voir.

Eva me souriait.

— Où est Bess ?

— Elle est restée dans notre location. J'avais besoin d'être seule… pour te parler.

J'ai hoché la tête, sachant à quoi m'attendre. J'étais prête.

— Je suis désolée.

Nous l'avons dit chacune pile au même moment.

Eva a écarquillé les yeux. Les larmes ont jailli des miens. Alors, j'ai pris ma sœur dans mes bras… ce que je n'avais pas fait depuis une éternité.

Elle pleurait aussi, à présent.

— Je suis désolée, a-t-elle répété. Tellement désolée.

— Moi aussi.

Puis, entre deux sanglots, nous avons éclaté de rire.

Quand nous avons retrouvé notre calme, Eva a préparé deux tasses de thé et nous nous sommes installées sur le canapé pour une longue discussion.

— J'ai été horrible avec toi, Maise, a-t-elle reconnu. À l'époque, je ne m'en suis pas rendu compte. Enfin, je savais que tu étais fâchée, mais je ne voyais que mes propres problèmes. Je n'allais pas bien. Et je m'en suis prise à toi. Je suis désolée.

Cela faisait des années que j'attendais son pardon et voilà que ma sœur semblait ne plus pouvoir s'arrêter de le dire.

— Tu te souviens de Rachel ?

— Ta copine du lycée ?

L'une des meilleures amies d'Eva qui venait très souvent à la maison. Mais quand Eva avait commencé à consacrer tout son temps libre à la danse, Rachel avait cessé de venir. Je n'y avais jamais trop réfléchi à l'époque.

Eva a acquiescé.

— Tu ne le sais sans doute pas mais... c'était la première personne auprès de qui j'ai fait mon coming out.

— Ah bon ?

— Oui, à seize ans.

— *Oh !*

Eva a pris une gorgée de thé, puis elle a soupiré.

— Je... je l'aimais vraiment bien. Au fond, j'étais un peu amoureuse d'elle. En tout cas, sa réaction n'était pas celle que j'espérais. Ça a même été le contraire.

Je n'ai réussi qu'à émettre un autre « oh ».

— Entre ça, a-t-elle poursuivi, et mes difficultés au lycée et puis, je ne sais pas, les aléas de l'adolescence (elle m'a lancé un regard complice), j'étais vraiment en vrac. Et je me suis comportée de manière affreuse avec toi. Je ne cherche pas à me trouver des excuses, je voulais juste tenter d'expliquer tout ça.

J'ai hoché la tête. Je commençais enfin à comprendre.

— Et pour le concours de beauté, je m'étais mis en tête de vouloir gagner à tout prix, tu comprends ? Mais ça s'est retourné contre moi. Parce que j'ai perdu ma petite sœur. (Elle m'a tendu sa main et je l'ai serrée.) Tu ne voulais plus me parler, même après mon coming out. C'était vraiment dommage.

— Je suis désolée.

Elle m'a fait signe qu'elle n'avait pas terminé.

— J'ai mis du temps à comprendre combien je t'avais blessée. Ce n'est qu'après avoir rencontré Bess que j'en ai vraiment pris conscience. L'article qu'elle avait écrit et qui m'a donné envie de la rencontrer parlait de ce que les gens lui infligent et aussi de l'importance de s'aimer quand même. Son texte était tellement percutant… et je me suis reconnue dans ce qu'elle disait. Dans la façon dont on la traitait. J'avais vu les gens se comporter comme ça avec toi. Et *moi* aussi. Je le sais, même lorsque je voulais être gentille, je t'ai dit des choses blessantes. Je ne le voyais pas à l'époque, mais maintenant oui. Et je suis désolée, Maisie. Désolée de t'avoir fait ressentir que tu n'étais pas assez bien.

L'envie de faire une blague m'a traversée, mais, en toute honnêteté, j'étais trop émue pour dire quoi que ce soit.

Eva m'a tapoté l'épaule avec malice.

— Ça fait tellement longtemps que je veux t'en parler, sauf que je n'en ai jamais eu l'occasion. Tu m'ignorais tout le temps !

J'étais enfin prête à me confier. Alors je lui ai raconté combien cela m'avait contrariée et combien j'appréciais tout ce qu'elle me disait aujourd'hui.

Et je lui ai présenté mes excuses.

Depuis tout ce temps que j'attendais son pardon, j'avais oublié que, moi aussi, j'avais besoin de lui exprimer mes regrets. Parce que, tout autant qu'elle, je lui avais fait du mal. Elle dit n'avoir vu que ses problèmes, mais j'ai fait pareil. Jamais je ne me suis demandé ce qui se passait dans sa vie. Jamais je n'ai imaginé que ce qu'elle vivait n'était peut-être pas aussi idyllique que ça. Qu'elle endurait ses propres souffrances… et que je lui en avais infligé, moi aussi.

Aujourd'hui, j'ai vu la véritable Eva pour la première fois.

— Tu es ma sœur. Et je t'aime.

*

— Il faut que tu parles à Beamer, a dit Eva plus tard.

— Quoi ? Pourquoi ?

— J'ai su ce qui s'est passé. Pauvre garçon.

— Quoi ? Comment ça ?

— La semaine dernière, il est venu me voir parce qu'il voulait apprendre la chorégraphie de *Dirty Dancing*. Il voulait te soulever dans les airs. D'après ce que je sais, ça n'a pas vraiment marché.

— *Quoi ?!*

Elle a ri.

— Raconte-moi tout !

Eva et Beamer se réunissaient en secret tous les jours. Il voulait apprendre la choré. Pas pour danser avec elle, mais… avec moi.

Mon pétage de plomb juste avant le réveillon du Nouvel An l'a décidé à avancer le moment de sa surprise. Histoire de me remonter le moral et de me faire sourire. De me rappeler que certaines personnes sur terre (les seules qui comptent vraiment) me trouvent géniale, belle, digne de danser, de participer à un concours de beauté ou de faire tout ce que bon me semble.

— Beamer a fait tout ça pour moi ?

Eva a acquiescé.

— Qui l'eût cru ? C'est devenu un chouette mec.

— Et Seb ?

— Il était au courant de tout et l'épaulait moralement. C'est là, je crois, que tes neurones ont disjoncté, hein ?

— Attends… tu es au courant ?

— J'ai discuté avec Beamer l'autre jour. Il était terriblement affecté, parce que tu aimes toujours Seb et parce qu'il n'était qu'une distraction.

J'ai baissé le regard sur mon thé. Je m'étais obstinée à ne plus penser à ce qui s'était passé. Or, tout revenait au grand galop. Je n'arrivais toujours pas à croire que Beamer (l'emmerdeur de première) avait prévu pour moi un cadeau aussi adorable, comme jamais je n'en avais reçu.

Il avait appris à danser pour moi.

Il m'avait écrit un poème.

Mon Dieu ! Le poème !

C'était Beamer, depuis le début !

J'ai repensé à l'expression sur son visage quand je lui ai dit que j'avais lu la poésie de Sebastian… En fait, c'était la sienne !

« Sa poésie t'a vraiment plu ? »

« Moi aussi, j'ai un faible pour quelqu'un et je crois que ça se voit. »

« Je te mets au défi de m'embrasser. »

« Tu es tellement belle. »

C'était Beamer, depuis le début.

— Alors ?

Eva a interrompu le flot de mes pensées.

— Quoi ?

— Tu aimes encore Seb ?

En cet instant précis, je n'aurais su dire ce que je ressentais, sinon un accablement total. Je me suis contentée de hausser les épaules.

— Alors, question suivante, plus urgente, d'ailleurs. Qu'est-ce que tu fais demain ?

J'avais déjà la réponse.

— Demain, je vais botter les fesses de mes concurrentes ! ai-je lancé en souriant. Et je vais avoir besoin de ton aide.

*

Il faut vraiment que je dorme, cher journal. Un bon sommeil réparateur avant le concours.

Mais pas avant de te tenir informé d'une dernière chose.

Mes parents.

Ils ont disparu pendant des heures. Des heures à n'en plus finir. Eva et moi venions de commander des plats thaïs pour dîner quand ils sont revenus.

De toute évidence, ils avaient pleuré.

Ils nous ont fait asseoir, l'air sérieux.

J'avais une boule dans la gorge.

— Votre père..., a commencé ma mère.

— J'ai déjà tout raconté à Eva, l'ai-je interrompue.

— D'accord, a-t-elle dit avant de poursuivre : Votre père…

— Je vous en prie, ne divorcez pas ! ai-je crié d'une voix désespérée. Il est désolé. Il ne voulait pas nous faire du mal et ne recommencera plus jamais. Il a besoin de nous. On a besoin de lui !

Eva m'a pris la main.

Ma mère nous a observées, les yeux écarquillés et emplis d'émotion.

— Votre père et moi… n'allons *pas* divorcer.

J'ai poussé un soupir de soulagement et pressé la main d'Eva.

— Alors, tout va bien ?

— Non, je n'irais pas jusque-là, a répondu ma mère.

J'ai senti mon cœur se serrer de nouveau.

— Ça va prendre du temps, est intervenu mon père.

Il regardait ma mère, qui détournait les yeux.

— Oui, beaucoup de temps, a-t-elle ajouté.

— Mais tu comprends quand même, maman ? a lancé Eva.

J'avais le sentiment qu'elle ne se référait pas seulement à mon père.

Ma mère a marqué une pause, puis elle est venue s'asseoir entre Eva et moi et a passé ses bras autour de nous.

— Pas encore, sans doute… mais je vais essayer, a-t-elle dit en nous serrant fort contre elle.

J'ai regardé mon père. Il avait les larmes aux yeux. Alors je me suis levée et l'ai pris dans mes bras.

Derrière moi, j'ai entendu ma mère dire :

— Tu pourrais inviter Bess à dîner avec nous.

Vois-tu, le repas était loin d'être parfait. Ma mère n'adressait pas la parole à mon père. Elle venait tout juste de se remettre à nous parler, à Eva et moi (sans crier, j'entends). Mais nous étions tous dans le même lieu. Un lieu glacé, certes, mais avec un faible indice de dégel. C'était un début... beaucoup mieux qu'une fin.

Bon, il faut vraiment que je dorme.

Samedi 6 janvier

La découverte du jour

1. *Quel est ce dicton, déjà ? « Tu es plus courageux que tu ne le crois, plus fort qu'il n'y paraît, et plus intelligent que tu ne le penses » ?*

Source : je crois que c'est tiré de Winnie l'Ourson. Serait-ce Jean-Christophe qui le dit ? Peu importe. C'est la vérité.

*

Quelle journée ! Je te la raconterai demain, cher journal.

Là, je suis trop fatiguée.

C'ÉTAIT DINGUE !

Je te propose juste une mise à jour de la liste de ce que j'aime chez moi :

1. Mes yeux.
2. Mes sourcils.
3. Mes oreilles.

4. Mes cheveux.
5. Mes ongles.
6. Mes seins.
7. Mes avant-bras.
8. Mon sourire.
9. La peau de mon cou, juste en dessous des oreilles.
10. Mon ventre.
11. Mon courage.
12. Mes pieds de danseuse.
13. Mon cœur.

Dimanche 7 janvier

La découverte du jour

1. *La vie n'a rien à voir avec les films.*
Source : mon été. Et MA VIE, bien sûr.

*

Je te prie de m'excuser si mon écriture n'est pas droite, cher journal. Me voici de retour des vacances, je t'écris de la voiture. Une fois de plus ! Mais pour ce trajet, je suis à l'arrière et c'est ma mère qui conduit, avec mon père assis à côté d'elle sur le siège passager. Ils écoutent INXS et discutent de temps à autre. Pas trop, et pas très chaleureusement. Mais bon, il y a du progrès.

Ce matin, nous avons fait nos adieux à Eva et Bess. Ma mère a promis de leur rendre visite à Melbourne dans un mois ou deux. J'ai l'impression qu'elle redouble d'efforts pour montrer à Eva qu'elle accepte sa décision d'arrêter la danse, même si je suis à peu près sûre que ce n'est pas digéré… pas encore.

Ce matin, nous avons également dit au revoir à Leila et aux autres, à la famille Lee et à Beamer.

Minute, papillon ! Je vais beaucoup trop vite en racontant ce qui s'est passé aujourd'hui, avec TOUT ce que j'ai à te raconter sur hier. J'ai vraiment mis ta patience à rude épreuve, pas vrai, cher journal ? Tu m'en vois navrée. C'est juste que… il est arrivé tellement de choses. Par où commencer ?

Par hier !

LE JOUR DU CONCOURS DE BEAUTÉ.

Je me suis levée à l'aube (c'est la deuxième fois en peu de temps, à croire que je deviens presque quelqu'un du matin !) pour préparer ma coiffure et me maquiller sous la supervision de Bess et d'Eva. Nous avions mis de la musique pour nous mettre dans l'ambiance, au grand dam de mon père qui dormait. Forcé de se lever, il a quitté la maison en faisant la tête et ma mère a pris un air pincé. Mais quand il est revenu dix minutes plus tard avec des victuailles pour tout le monde, elle s'est un peu détendue.

Cela faisait déjà un bon bout de temps que nous étions au travail quand la situation est devenue explosive.

Je lançais des « pas trop bouffant ! » à Eva qui crêpait mes cheveux et « pas d'ombre à paupière rose ! » en repoussant la main de ma mère. Et puis, tout à coup, Bess s'est mise à hurler.

— Ça suffit ! Tout le monde dehors.

Interloquées, Eva et ma mère l'ont dévisagée.

— Maisie et moi, on gère.

Sur ce, elle les a poussées vers la porte. Ma mère a fini par obéir en marmonnant dans sa barbe.

Bess s'est ensuite tournée vers moi, un sourire aux lèvres.

— Maintenant, tu peux me dire ce que tu veux vraiment.

Avec ses doigts de fée, elle m'a joliment bouclé les cheveux et a achevé mon maquillage d'un parfait trait d'eye-liner et d'une touche d'illuminateur.

Pendant qu'elle s'activait, nous discutions. Elle m'a raconté son enfance à Melbourne et son année d'études à Paris, quand elle avait dix-huit ans. Puis elle m'a demandé ce que je souhaitais faire plus tard, après le lycée, et m'a écoutée quand je lui ai dit combien j'étais stressée de ne pas en avoir la moindre idée. Selon elle, c'est normal à mon âge de ne pas avoir déjà tout décidé pour ma vie.

— Je peux te demander quelque chose ?

Bess m'a souri, penchée vers moi pour coller les faux cils à mes paupières.

— Tu peux tout me demander, m'a-t-elle répondu.

— Comment fais-tu pour être aussi courageuse ?

J'ai fermé les yeux.

— Courageuse ?

J'ai péniblement avalé ma salive.

— Oui… Enfin, ce que je veux dire c'est que… je suis terrifiée. Ça fait des années que je me cache pour ne pas attirer l'attention sur moi ou sur mon corps. Je n'ai jamais eu le courage de porter un bikini sur la plage. Pourtant, dans quelques heures je suis censée défiler en maillot de bain sur un podium. C'est complètement ridicule.

— Tu n'es *pas* ridicule. Tu es merveilleuse. Je dirais même, *Maisie-fique.*

J'entendais son sourire dans sa voix.

— Et tu *seras* courageuse, a-t-elle ajouté.

— Tu crois ?

— Évidemment ! Tu veux savoir comment je fais pour porter un bikini sur la plage ?

— Oui.

Quelque chose dans la façon dont elle a formulé la question m'a couverte de honte.

— J'ai simplement arrêté de voir ça comme du courage. Tu ne dirais pas d'Eva qu'elle fait preuve de courage en portant un maillot de bain à la plage, n'est-ce pas ? Tout le monde porte cette tenue pour se baigner. Pourquoi porter un bikini deviendrait un acte courageux dès lors qu'on n'a pas la silhouette d'une allumette ? C'est n'importe quoi.

— Oh ! Euh… désolée.

— Ce n'est pas à toi que je m'en prends. Mais à la société. La plupart des gens pensent de cette façon… soi-disant par « compassion ». Parce que les corps gros ne sont toujours pas acceptés. Je me bats pour changer ça. Et plein d'autres personnes le font. Pour moi, avoir du cran, c'est lutter pour ses convictions. Exister dans mon corps ou porter une tenue spécifique, je ne trouve pas ça courageux.

Je me taisais, tâchant d'intégrer tout ce qu'elle disait.

— Mais toi, je te trouve courageuse, a-t-elle poursuivi. Parce que, malgré ta peur, tu décides de participer à ce concours. Malgré les *haters*, y compris celui que tu héberges dans ta propre tête, tu vas jusqu'au bout. Ça demande beaucoup de courage. À ton âge, je n'en aurais pas été capable.

— Vraiment ?! Pourtant tu es tellement sûre de toi !

— Ça n'a pas toujours été le cas. Il m'a fallu beaucoup de travail pour parvenir à m'accepter. Tu es bien plus avancée que moi.

J'ai rouvert les yeux, la colle de mes faux cils était sèche. Bess me souriait et me regardait avec fierté. J'ai ressenti une bouffée d'affection à son égard.

— Maintenant, tu t'aimes vraiment ?

— Oui. Vraiment. Bien sûr, j'ai encore des mauvais jours, comme tout le monde. Mais j'ai surtout des bons jours.

— J'espère qu'aujourd'hui sera un bon jour, ai-je dit d'un rire mal assuré.

— Bien sûr ! Aucun doute là-dessus.

Elle s'est écartée en levant un miroir devant mon visage. En me voyant, j'ai esquissé un grand sourire.

— Je crois que tu as raison.

*

Quand Bess et moi avons quitté la chambre, Leila était déjà arrivée avec la robe et le déshabillé qu'elle m'avait confectionnés. Elle s'apprêtait à dire quelque chose à ma mère, mais à l'instant où elle m'a vue, elle a poussé un cri d'admiration, rapidement imité par Eva et mon père. Ma mère a lancé un « Tu es sûre que tu ne veux pas que… » avant d'être interrompue par le coup de coude d'Eva et de se corriger :

— Tu es ravissante, Missy-May.

— Prête à découvrir ta robe ? a demandé Leila en souriant.

Je l'avais contactée par message la veille, tandis que j'étais sur la route avec mon père, et elle m'avait tout de suite répondu : *SUPER ! Je savais que tu reviendrais. Tu n'es pas fan de Schwarzy pour rien ! Au fait, ta robe est prête. Elle n'attend que toi.*

Si ce petit message m'a déjà un peu émue, découvrir sa création m'a bouleversée. Sidérée, même. Avec un léger pincement au cœur.

Tu connais le proverbe « Rome ne s'est pas faite en un jour » ? Pour ma confiance en moi, c'était pareil. Le fin tissu censé protéger mon corps en bikini d'une centaine de regards enclins à la critique n'avait rien d'enthousiasmant. Et, quoique sublime, la robe fabriquée par Leila ne correspondait pas à ce que nous avions convenu. Elle était composée de deux pièces : un top court noir et une longue jupe évasée du tissu acheté le lendemain de Noël. Sans toutefois vouloir me montrer ingrate (elle avait fait un travail fantastique et j'appréciais ses efforts), je n'étais pas certaine de pouvoir la porter.

Eva et Bess poussaient des cris d'admiration, même ma mère, qui avait pourtant douté du projet. « Ouah ! » s'est-elle exclamée. Mon père a sifflé.

— Jolis motifs.

— Elle est magnifique, ai-je dit en la touchant.

Seulement, Leila me connaissait par cœur.

— Je sais ce que tu vas dire, ma chérie, et je t'arrête tout de suite ! J'ai une solution de rechange, au cas où, mais je voudrais que tu l'essayes. Cette robe est sublime, on est bien d'accord ?

J'ai souri.

— Oui. Je te remercie.

— Tout le plaisir est pour moi. Allez, je veux la voir sur toi !

J'ai réapparu dans le salon quelques minutes plus tard, toujours aussi peu sûre de moi. Ne disposant pas d'un miroir en pied dans ma chambre, je ne m'étais pas bien vue. J'étais soulagée de voir qu'il n'y avait qu'un centimètre de peau visible entre le top et la jupe, même si c'était bien plus que ce que je montrais généralement.

Les doigts croisés, j'ai tenté de mesurer les réactions. Pendant quelques secondes, tout le monde est resté silencieux.

Eva a été la première à briser le silence.

— Oh, Maise, tu es superbe !

— Canon ! a fait Bess.

Mon père a levé son pouce ; Leila souriait de toutes ses dents.

Et ma mère... ma mère avait les larmes aux yeux. Elle s'est même levée pour me prendre par les mains.

— Tu es absolument ravissante, a-t-elle dit en m'attirant jusque dans sa chambre, qui disposait d'un grand miroir.

Tandis que les autres filles se réunissaient derrière moi, je m'en suis pris plein les yeux. La robe était vraiment magnifique. *J'étais* magnifique. Le top seyait parfaitement à mon corps et la jupe me donnait l'air d'une princesse (une princesse cool !). Quant à ce centimètre de peau entre les deux ? Grâce à lui, je me sentais même un peu sexy. Pour la première fois depuis... depuis toujours, je crois, j'aimais mon ventre.

Comme Leila l'avait promis, je me suis trouvée canon.

J'ai esquissé un grand sourire en passant mes mains sur le tissu lisse de la robe.

— Oh ! ai-je crié. Elle a des poches !

— Bien sûr ! Toute robe digne de ce nom mérite des poches, a lancé Leila. Alors, tu l'aimes bien ?

— Je l'adore. Tu as fait un travail remarquable. Merci beaucoup !

— Tu es très douée, a observé ma mère en lui tapotant l'épaule.

Leila souriait.

— Je suis ravie qu'elle te plaise, vu que je n'avais pas vraiment de solution de rechange.

J'ai ri. À ce moment-là, entourée de ces femmes qui riaient, parlaient fort et m'embrassaient, je me suis sentie plus en confiance que jamais.

*

Heureusement que j'avais vécu ce moment, parce que, après avoir enfilé une tenue décontractée (histoire de ne pas froisser ma robe) et pris la route en direction de l'hôtel avec ma mère, mon père et environ cinquante sacs de vêtements, d'accessoires, de chaussures, de maquillage et d'autres ustensiles ajoutés par ma mère « au cas où », j'étais de nouveau en proie aux nausées.

À notre arrivée, je me suis présentée à l'accueil. Ensuite, ma mère m'a aidée à apporter toutes mes affaires dans les loges. Il y avait déjà quelques filles qui s'agitaient devant les miroirs. Tandis que je scrutais le sol pour ne pas croiser leurs regards, ma mère a commencé à défaire et disposer mes affaires.

Je lui ai pris la main.

— Maman, va plutôt aider papa à trouver une place. C'est bon, je vais me débrouiller, ai-je dit, même si je n'étais pas sûre de m'en sortir.

Ma mère avait encore les larmes aux yeux. Elle a caressé mes cheveux sans vraiment les toucher (jamais elle n'aurait laissé son émotion ruiner une belle coiffure).

— Je suis tellement fière de toi, a-t-elle murmuré en me serrant dans ses bras (toujours avec précaution pour ne pas abîmer mon maquillage). Mais je n'en oublie pas ta punition pour autant.

J'ai ri. J'aurais aimé qu'elle plaisante, mais je savais très bien à quoi m'en tenir.

— Bonne chance. On fera du bruit pour toi !

En sortant de la pièce, elle m'a soufflé un baiser.

D'autres filles étaient en train d'arriver. L'une d'entre elles m'a détaillée de haut en bas, un sourire en coin. Une autre a chuchoté quelque chose à l'intention de sa copine. Probablement pas à mon sujet. *Ne sois pas aussi égocentrée, Maisie. Le monde ne tourne pas autour de toi.*

Respire profondément. Respiiiiiiiire.

C'est alors qu'une jolie brune a accroché la housse de sa robe à côté de la mienne.

— Salut. Je suis Tia.

Elle m'a adressé un sourire à fossettes et a tendu sa main.

— Oh ! Euh… salut, ai-je répondu en la serrant gauchement avant de me présenter.

— C'est ton premier concours de beauté ?

— Ça se voit tant que ça ?

— Tu as l'air un peu terrifiée. Ne t'inquiète pas, ça va être sympa. J'ai déjà fait ça plusieurs fois. Si besoin, n'hésite pas à me poser des questions.

Je l'ai remerciée et j'ai senti que je me détendais un peu. C'était agréable de tomber sur quelqu'un d'amical.

Sur ce, Tia s'est déshabillée. Autour de nous, les autres en étaient à différents stades d'habillage. Certaines portaient déjà leur robe de soirée, qui correspondait à la première partie du défilé. (Porter une tenue du soir le matin ? Le monde des concours de beauté était sacrément révolutionnaire !)

— Attends, mais on se change ici ?

J'espérais que ma voix ne trahisse pas mon état de panique. Raté.

— Oui. C'est la loge, a répondu Tia en riant.

Elle était en soutien-gorge noir sans bretelles et culotte assortie.

Pour moi, c'était mission impossible.

— Où sont les toilettes ? ai-je couiné.

Quand j'ai réapparu en robe de soirée, Tia a haussé les sourcils.

— Tu es magnifique.

— Merci, toi aussi.

Elle portait une robe rose bonbon à sequins et à volants. Leila l'aurait trouvée hideuse.

Mon téléphone a sonné. Quand on parle du loup. Leila venait de m'envoyer un selfie en compagnie de Hannah et de Jo, avec le message : *On est là ! Tu vas tout déchirer.*

Je lui ai renvoyé un selfie avec le filtre couronne. J'ai alors remarqué que j'avais reçu un message d'Anna : *Bonne chance aujourd'hui. Bisous*

Je lui ai envoyé un « merci » accompagné d'un smiley, puis j'ai pris une longue inspiration. J'étais prête.

Au moment des derniers ajustements devant le miroir (pour vérifier que tout était à sa place), la joyeuse Janice a fait irruption dans la pièce.

— C'est le grand jour, les filles ! Vous êtes sublimes.

J'avais la boule au ventre en repensant à la désastreuse vidéo, puis j'ai secoué la tête pour repousser ce souvenir. La fille qui se tenait à côté de moi m'a jeté un regard de travers, mais j'ai souri et détourné mon attention vers Janice, me concentrant sur les informations qu'elle nous donnait.

— Sur scène, vous verrez un podium. Il faudra marcher dessus en direction du jury qui se trouvera au bout, puis remuer vos fesses – dans les limites de la décence, ha ! ha ! ha ! – et repartir en coulisses. Compris ? Merveilleux. À présent, vous allez passer à tour de rôle. Vous entrerez dès que celle qui vous précède s'approche de la fin du podium, pour vous croiser. À la fin, vous ferez un passage toutes ensemble en file indienne. D'accord ? Fabuleux !

Elle a fait l'appel dans l'ordre de passage et nous nous sommes mises en ligne. Je faisais partie des dernières.

Derrière moi, j'ai entendu quelqu'un souffler sa désapprobation. Je me suis retournée. C'était la fille qui, plus tôt, m'avait regardée méchamment. Elle a recommencé à braquer son regard sur moi, tandis que je la dévisageais.

— Tout va bien ? ai-je demandé.

Elle m'a adressé un sourire de peste.

— J'espère pour toi que le podium sera assez large.

Trois options s'offraient à moi. J'aurais pu :

1) L'attraper par ses extensions capillaires et la jeter dans la poubelle.

2) M'enfuir en pleurant.

3) L'ignorer et triompher sur le podium.

Tentée par la première solution, j'ai néanmoins failli mettre en pratique la deuxième : c'était ma spécialité, comme l'avait souligné Anna. Or, la voix de mon père a résonné dans ma tête : « Ne leur donne pas cette satisfaction, Em. La force est en toi. »

Ainsi – attention, *spoiler* –, j'ai opté pour la troisième.

Après lui avoir tourné le dos, j'ai pris une profonde inspiration.

— C'est tellement excitant ! a lancé par-dessus son épaule une rousse qui se tenait devant moi.

Nous avions commencé à avancer et elle sautillait.

— Oui, c'est vrai.

J'avais le cœur qui battait très fort et la bouche sèche, à mesure que nous nous rapprochions de la scène. Puis les paroles de ma mère ont à leur tour résonné dans ma tête : « Épaules droites, menton relevé, sourire et démarche fière ! »

Je me suis concentrée sur la musique, sur le rythme, sur les paroles : Beyoncé chantait que l'amour domine tout le reste.

J'ai souri. Respiré.

J'avais les épaules droites, le menton relevé.

Et j'ai marché fièrement, d'un air triomphant, sur ce podium.

Je n'arrivais pas à distinguer ma famille et mes amis dans la foule, mais j'entendais leurs encouragements sur la droite.

Au bout du podium, j'ai regardé le jury dans les yeux, pris une pose, une autre, fait un tour sur moi-même, avant de repartir dans l'autre sens. Quand j'ai croisé la peste (Vicki, ai-je découvert plus tard, même si on s'en fiche), je lui ai fait un clin d'œil.

J'étais survoltée.

Pour le dernier passage sur scène avec toutes les autres, j'ai pu regarder en direction des encouragements qui m'étaient adressés.

J'ai aperçu ma mère, mon père. Eva et Bess. Leila, Hannah et Jo. La famille Lee. Et Beamer.

Tout le monde était là. Enfin, pas tout à fait. J'ai brièvement pensé à Anna, avec un pincement au cœur fugace. Puis j'ai laissé la musique couler de nouveau dans mes veines, portée par les applaudissements de la foule. C'était mon moment. Et toutes les personnes qui m'aimaient étaient là.

*

— Vous avez été fantastiques, les filles. Formidables ! Plus que quinze minutes avant la prochaine épreuve. Allez, on se dépêche. Il faut que vous soyez prêtes au bon moment, sinon vous allez tout rater.

Janice est sortie en trombe, laissant derrière elle une traînée de parfum bon marché.

Le moment que je redoutais le plus approchait : le défilé en maillot de bain. Je suis retournée dans les toilettes pour me changer, refaisant mon apparition dans la loge vêtue du bikini noir à fleurs qu'Eva et Bess m'avaient offert, ainsi que du déshabillé au tissu légèrement transparent confectionné par Leila. Il était noir, lui aussi, avec un grand décolleté mettant en valeur ma poitrine, et il s'arrêtait au milieu des cuisses, couvrant les parties de mon corps qui me complexaient. Quand je me suis vue dans le miroir, j'ai eu la sensation d'être plus légère. Ma nervosité s'était en grande partie envolée. Je me sentais mieux. Même super bien.

Tandis que je me lissais les cheveux en souriant à mon reflet, la peste s'est faufilée jusqu'à moi en se râclant la gorge de la plus désagréable des façons.

Je l'ai regardée dans le miroir. Elle portait un bikini en crochet et un immense chapeau de plage.

Elle a croisé les bras.

— Je peux avoir un peu de *place* ? Tu n'es pas la seule à avoir besoin du miroir, tu sais.

Il couvrait l'intégralité du mur… donc il restait encore beaucoup d'espace.

J'ai souri et, d'une voix douce, je lui en ai fait la remarque.

Elle a affiché un rictus.

— Tu prends toute la place, a-t-elle craché.

Je n'ai pas cessé de sourire.

— Peut-être que si tu retirais ton chapeau, tu aurais plus d'espace.

— Allez viens, Vicki, il y a de la place là-bas ! s'est exclamée une certaine Alana en attrapant la peste par le coude pour l'entraîner à l'autre bout de la pièce.

— Ne lui prête pas attention, a lancé Tia en se glissant près de moi.

Elle portait un maillot une pièce sans bretelles orné d'une ceinture en métal. Elle a posé sa main manucurée sur mon épaule et m'a souri.

— Tu sais, je te trouve très courageuse.

Encore ce mot.

Courageuse.

Courageuse. Courageuse. Courageuse.

Participer à ce concours, porter ces tenues, monter sur scène, affronter mes peurs… cela faisait-il de moi quelqu'un de courageux ?

De quoi avais-je vraiment peur ?

J'avais peur d'être seule.

Je n'étais pas seule.

J'avais peur d'être vue.

Je me mettais délibérément sous le feu des projecteurs.

J'avais peur qu'on se moque de moi.

Les gens l'ont fait. J'ai eu honte.

Je m'étais promis de ne plus avoir honte.

Je m'étais promis d'arrêter de fuir et de me cacher.

De quoi avais-je vraiment peur ?

De deux bouts de tissu ? D'un bikini ?

Stop !

Je vais leur montrer ce que c'est que le courage, ai-je pensé.

J'ai retiré le beau déshabillé de Leila. *Désolée, ma chérie.* Je savais qu'elle comprendrait.

Je me suis regardée dans le miroir, entourée de toutes ces filles au petit gabarit et de leurs minuscules maillots de bain. J'ai vu les bourrelets sur mon ventre. Et la cellulite sur mes cuisses. Et…

Non. Arrête, Maisie. Arrête ! Regarde-toi. Qu'est-ce que tu vois de plus ?

Mes yeux. Mes sourcils. Mes oreilles. Mes cheveux. Mes orteils. Mes seins. Mes avant-bras. Mon sourire. La peau de mon cou, juste en dessous des oreilles. Mon nombril.

Mon courage.

J'étais courageuse.

*

J'ai essayé de repousser les chuchotements et les ricanements tandis que nous marchions vers la scène. J'avais la chair de poule sur tout le corps. L'estomac noué.

Étais-je sur le point de commettre une grosse erreur ?

Un ultime ricanement provenant de l'arrière a eu l'effet d'un coup de fouet.

J'ai fait taire ces bruits, je me suis concentrée sur la musique. Une chanson de Santigold que j'adore.

Je suis montée sur scène, le cœur battant.

J'ai respiré, souri, senti les larmes qui montaient.

Je me suis pavanée fièrement.

Tremblotante.

Mise à nu. Exposée.

J'ai entendu des applaudissements, des encouragements.

J'ai atteint le jury. Pris une pose. Puis une autre, et encore une autre.

Fait un tour sur moi-même.

Entendu des sifflements, quelqu'un qui criait mon nom.

J'étais vivante. Tellement vivante.

Et puis, c'était terminé.

J'avais le cœur qui battait très fort. Je tremblais.

Je l'avais fait. Je me trouvais au bord de l'évanouissement, j'avais à la fois envie de hurler, de rire, de pleurer et de crier.

Et puis, j'ai dû recommencer. Le défilé en maillot de bain suivait le même protocole que celui en robe de soirée. Nous devions toutes repasser en file indienne à la fin.

Cette fois, comme l'autre, j'ai regardé en direction de ma famille et de mes amis, là où les encouragements étaient les plus bruyants. Ils étaient tous debout. Leila était montée sur sa chaise et portait ses mains autour sa bouche. « Bravo, Maisie ! Bravoooooooo ! »

J'ai souri. Je savais qu'elle comprendrait.

De retour dans les loges, j'ai disparu dans les toilettes pour rire, pleurer et hurler. Mais pas trop fort.

*

Après cela, le numéro nous demandant de démontrer un talent, la toute dernière épreuve du concours, devait être du gâteau. Simple comme bonjour. Un jeu d'enf… Bref, tu m'as comprise.

Pourtant, j'attendais mon retour sur scène avec des crampes à l'estomac.

— Maisie Martin est notre prochaine candidate. Elle a seize ans et elle adore le cinéma, annonçait Janice au micro sur la scène. Aujourd'hui, elle va…

(elle a jeté un coup d'œil à ses fiches) nous présenter ses célèbres imitations. C'est formidable !

Tout en quittant la scène, elle m'a adressé un signe de la tête, un sourire hypocrite aux lèvres.

Je me suis approchée du micro.

— À la suite d'un changement de dernière minute, je vous propose un autre numéro que je rêve de faire depuis longtemps, mais j'ai besoin d'aide.

J'ai regardé la foule, en m'attardant quelques secondes sur Beamer dans l'espoir qu'il comprenne.

— J'invite sur scène… ma sœur, Eva.

J'ai déplacé le micro et pris place sur le côté tandis qu'Eva a fait son apparition par les coulisses, toute souriante, se positionnant à l'autre bout.

Nous portions toutes les deux des collants noirs et des hauts roses (ce que nous avions trouvé de plus assorti et représentatif de *Dirty Dancing* dans nos placards respectifs, la veille).

La chanson « (I've Had) The Time of My Life » a commencé et nous nous sommes mises à danser, exécutant ces mouvements oubliés depuis longtemps. Enfin, pas totalement oubliés. Juste mis de côté.

J'étais un peu rouillée. Eva s'en sortait bien mieux que moi, mais ça n'avait pas d'importance. Ce qui comptait, c'était qu'on le fasse ensemble.

Quand j'étais plus jeune, je dansais pour m'oublier. Là, je me retrouvais enfin. Si regarder *Dirty Dancing* m'avait donné une telle sensation de familiarité, exécuter cette danse sur scène avec ma sœur s'avérait d'un tout autre ordre. Beaucoup plus fort. Pas simplement familier : je reprenais carrément possession de qui *je suis.*

Quand la musique s'est envolée dans les airs, moi aussi. Le public hurlait et applaudissait (certes, surtout la rangée de mes fans, la meilleure). À la fin de la chanson, j'ai croisé le regard d'Eva. Nous étions euphoriques. On venait de vivre, à juste titre, le meilleur moment de notre vie.

Désolée d'être aussi mélo. Il y a des moments qui méritent leur pesant de niaiserie. Comme danser sur « (I've Had) The Time of My Life » avec sa grande sœur pour un concours de beauté.

*

Tu te demandes probablement ce qui s'est passé ensuite…

Si ma vie s'apparentait à un film, je serais revenue sur scène en robe de soirée, coiffure et maquillage intacts, pour connaître le nom de la nouvelle *Miss Teen Summer Queen*. Et j'aurais gagné le titre. Folle de joie, je me serais avancée pour accepter ma couronne, l'écharpe et les fleurs. Puis place au générique de fin.

Parfois, la vie ressemble à un film.

Mais la plupart du temps, la vie ressemble à la vie.

Qu'est-ce qui t'arrive, cher journal ? Tu devrais le savoir, depuis le temps.

Ceci n'est pas un film. Ceci est la vraie vie.

Dans la vraie vie, donc, je suis restée plantée sur scène, en robe de soirée, *presque* aussi bien coiffée et maquillée qu'au début de la journée, juste un peu défraîchie. J'attendais avec les autres que soit annoncé le nom de la nouvelle *Miss Teen Summer Queen*. Et ce n'était pas moi. Le titre est revenu à Ashley, la fille rousse qui me précédait à chaque défilé. Folle de joie, elle s'est avancée pour accepter sa couronne, l'écharpe et les fleurs, le visage rayonnant et les larmes aux yeux. La peste, désignée deuxième, se tenait à côté d'elle. Son sourire ressemblait davantage à une grimace.

Place au générique de fin.

Mais non !

Pas de générique. Ce n'est pas un film. C'est mon histoire, et elle n'est pas encore terminée.

Bon, je n'ai pas remporté le titre de *Miss Teen Summer Queen*. Je n'ai d'ailleurs rien gagné.

Pourtant, ça n'a aucune importance.

D'une certaine façon, j'ai tout gagné.

*

— C'était grandiose, ma chérie ! s'est écriée Leila en me serrant dans ses bras dès que je suis arrivée dans le hall d'entrée de l'hôtel, de nouveau en tenue normale, avec ma mère et tous les sacs.

Cette dernière essayait de ne pas pleurer. Ou plutôt, elle essayait d'arrêter de pleurer, en vain. Elle était apparue dans la loge pour m'aider à ranger mes affaires et dès qu'elle m'avait aperçue, elle s'était mise à verser un flot de larmes.

— Pardon de ne pas avoir gagné, maman.

— Missy-May, qu'est-ce que ça peut bien faire ? C'est toi qui as volé la vedette ! Ce jury n'y connaît rien en beauté ou en talent, a-t-elle rétorqué en sanglotant.

— Je suis bien d'accord, a lancé Tia derrière moi.

Elle n'avait rien gagné non plus.

J'ai ri et pris ma mère dans mes bras.

— Je t'ai dit combien je suis fière de toi ? Tellement fière ! a-t-elle poursuivi.

— Tu l'as déjà dit plusieurs fois.

Puis elle s'est écartée pour me laisser avec mes amis, même si je crois que c'était surtout pour ne pas pleurer devant tout le monde.

Jo et Hannah se tenaient derrière Leila.

— Tu es une vraie star, a dit Jo. La meilleure chose qui soit arrivée à ce concours !

— Les garçons sont désolés de ne pas être là, a précisé Hannah. L'appel du cricket, a-t-elle ajouté en levant les yeux au ciel.

— Bien sûr, je comprends. Je n'arrive pas à croire que vous soyez venues. Et restées !

— Tu rigoles ? C'était super ! s'est exclamée Leila.

— Désolée que ta robe n'ait pas gagné.

Elle a haussé les épaules.

— Ce jury n'a aucun goût ! Mieux vaut se passer de leur approbation, hein ? Tu as honoré ma création sur scène et c'était génial !

Soudain mon père a fait irruption en criant « Emineeeem ! », avant de me serrer fort dans ses bras… comme seuls les pères savent le faire.

— Je suis fier de toi, ma fille.

— C'était dingue, a lancé Bess derrière lui.

Eva et elle se tenaient bras dessus, bras dessous.

— C'était un bon jour, vraiment.

Puis Leila m'a tapoté la main.

— Hé, on se retrouve toujours chez toi pour la soirée barbecue ?

— Oui, à plus tard !

Je lui ai soufflé un baiser et adressé un geste de la main aux autres.

Jimmy est apparu, tapotant le dos de mon père.

— Bravo, Maise.

Mon père et lui ont pris mes sacs et sont partis vers le parking, suivis de ma mère.

C'est là que je l'ai aperçu. Sebastian, sur le côté, un bouquet de roses à la main.

— Ma mère a dû ramener Kane et Lincoln à la maison, ils devenaient un peu trop bruyants, a-t-il expliqué en souriant. Ça, c'est pour toi, de la part de toute la famille. Pour te féliciter. (Il m'a tendu les roses.) C'était génial. Beaucoup mieux que Chewbacca.

J'ai ri et l'ai remercié. Je me demandais où était Beamer mais je n'osais pas poser la question.

— Beamer est rentré avec ma mère, a dit Seb, comme s'il avait lu dans mes pensées.

Oh ! Peut-être était-il déçu par mon choix... Ou encore en colère à cause du réveillon. À cause de tout.

Comme s'il avait de nouveau lu dans mes pensées, Seb a poursuivi :

— Écoute, pour ce qui est du réveillon...

J'ai poussé un soupir.

— Je suis tellement désolée. Je ne sais pas ce qui m'a pris !

Il s'est mis à rire nerveusement.

— Ne t'en fais pas. Moi aussi, je suis désolé... pour ces vacances. C'était bizarre. Agréable, mais bizarre.

— Ouais.

Voilà tout ce que j'ai réussi à dire. Je me suis rendu compte qu'Eva et Bess avaient disparu sans dire un mot. Seuls Seb et moi étions encore dans le hall de l'hôtel.

— Et toi… ça va ? ai-je demandé au bout d'un moment.

— Moi ? Oui. Pourquoi ? a-t-il répondu en fronçant les sourcils.

— Parce que… avec Anna…

— Ah ! Non, ça va. Enfin… Ça m'a fait un peu un choc d'apprendre que vous étiez parties le soir du réveillon. Je n'avais jamais vu ta mère aussi en colère. Je te jure, on aurait dit que sa tête allait exploser. Genre, littéralement prendre feu !

J'ai fait la grimace.

— Ouais, je n'ai jamais été autant dans la mouise.

Ça l'a fait rire, puis il a repris son sérieux.

— Tu sais, je n'ai plus du tout de nouvelles d'Anna. J'ai essayé de l'appeler plusieurs fois, mais elle ne répond jamais. Pas même à mes messages.

— Je suis désolée.

— Après tout, je ne la connaissais pas vraiment, a-t-il ajouté en haussant les épaules, comme pour évacuer sa rancune. Je vais bien, Maise, ne t'en fais pas.

Il a posé sa main sur mon épaule, d'un geste affectueux.

— Et toi, comment vas-tu ? À part le fait que tu es punie pour l'éternité ?

— À part ça, tout va bien, ai-je rétorqué en souriant. Même très bien.

Seb a passé sa main dans ses cheveux.

— Tu sais… tu me plaisais énormément quand on était plus jeunes.

J'ai écarquillé les yeux.

— T'es sérieux ?

— Oui. J'avais trop peur de l'avouer. Petite poule mouillée que j'étais.

J'ai ri.

— C'est fou ! Moi aussi.

— Je suis content qu'on soit amis, a-t-il dit.

— Oui, pareil.

Nous sommes restés maladroitement immobiles pendant quelques secondes.

— Je peux te demander un service ?

— Évidemment.

J'ai sorti de mon sac un crayon et… *toi*, cher journal, pour découper un bout de papier. (Désolée, j'espère que ça ne t'a pas fait trop mal.) J'ai rédigé un mot avant de lui tendre le papier plié. Il l'a regardé puis a acquiescé en souriant.

C'était un très beau sourire.

*

Dans mon dos, j'ai entendu quelqu'un s'approcher sur la plage, mais je n'étais pas encore prête à me retourner. Je contemplais les vagues en pensant à quel point j'aimais l'océan. Je ne m'y étais pas baignée depuis si longtemps… Tout cela allait changer.

Mais pas tout de suite. La priorité allait à un autre changement.

— Maisie Martin !

Cette voix traînante que je connaissais si bien a retenti derrière moi.

J'ai fini par me retourner.

— Tu ne m'as jamais donné ton vrai prénom, Beamer.

Il a éclaté de rire ; j'ai senti l'espoir grandir en moi. Peut-être avait-il cessé de m'en vouloir.

— Parce que tu ne l'as pas mérité.

Hmm, raté.

— Même pas en récompense pour avoir gagné notre défi ?

Il a avancé droit sur moi avant de dévier à la dernière seconde pour venir se placer à mes côtés, le regard perdu vers l'océan. J'ai suivi son regard.

— C'est pour qu'on parle du défi que tu as fait passer le mot à Seb ?

J'ai noté une pointe d'amertume dans sa voix.

Allez, Maisie.

— Oui et non.

Alors il a posé ses yeux sur moi. Ou plutôt, il m'a transpercée du regard. J'ai dégluti en tâchant de me calmer.

— Je n'ai pas eu le temps de te parler aujourd'hui, tu es parti.

C'était une affirmation mais en réalité, je voulais formuler une question.

— J'ai préféré laisser Sebby te féliciter en personne.

Il scrutait de nouveau l'océan en caressant ses lèvres avec son pouce. Je m'efforçais de ne pas le regarder fixement.

— J'ai pensé que tu apprécierais davantage… que ça vienne de lui.

Il a reniflé, regardé par terre, puis il s'est mis à balayer le sable avec son pied.

— J'étais contente que tu sois là.

Il a hoché la tête, sans rien ajouter.

— Beamer, au sujet du réveillon…

Secouant la tête, il a fait un pas vers l'arrière.

— C'est bon, pas la peine d'en parler. Tout est oublié.

— Mais je veux en parler.

Son souffle tremblait légèrement.

— Eh bien, pas moi.

— Alors tu veux bien accepter de m'écouter, juste une seconde ?

Beamer m'a observée, visiblement surpris de déceler de la frustration dans ma voix. Puis poussant un soupir, il s'est assis sur le sable et m'a fait signe de poursuivre.

Je l'ai imité, prenant place à côté de lui. Je me tordais les doigts dans tous les sens, ne sachant pas par où commencer.

Il a pris un bâton et s'est mis à dessiner des formes dans le sable. Je suivais son tracé des yeux. Nous n'arrivions pas à nous regarder.

— Ce que tu as fait pour moi…

— C'était ridicule, a-t-il complété en faisant une grimace.

— Tu veux bien me laisser parler ?

Pinçant les lèvres, il s'est tu.

— Ce que tu as fait, c'était vraiment adorable.

Il s'est mis à ricaner.

— Écoute, je n'aurais pas dû te prendre au dépourvu comme ça. Je savais que Seb te plaisait. Je savais que tu ne faisais que t'amuser avec moi. J'ai fait la bêtise de l'oublier, ce n'est pas ta faute.

Au même moment, il s'est mis à poignarder le sable avec son bâton.

— Je vais t'expliquer, si tu me laisses terminer, ai-je repris. C'est vrai, Seb me plaisait. Mais c'est du passé.

Il a froncé les sourcils et cessé de remuer le bâton. Alors j'ai continué sur ma lancée.

— Tout est devenu si compliqué ! J'étais perdue. Mais j'ai beaucoup réfléchi. Et je pense qu'au fond je serai toujours attachée à Seb. La famille Lee, c'est comme une deuxième famille, pour moi. Et puis, Seb est le premier garçon dont j'ai été amoureuse.

Beamer a esquissé une grimace et s'est remis à poignarder le sable.

— En revanche, ça ne veut pas dire que ce sera le dernier…

Le bâton ne bougeait plus.

— Beamer, je suis désolée de ce qui s'est passé. Pourtant, si c'était à refaire, je ne crois pas que je changerais quoi que ce soit.

Les coups de bâton ont repris de plus belle.

— Bon, peut-être que j'éviterais de voler la voiture de ma mère pour ne pas être punie jusqu'à mes trente ans… Hormis ça, je ne regrette rien. Grâce à ce qui s'est passé, j'ai pris conscience de plein de choses. J'ai compris que je ne ressentais plus la même chose pour Seb. Depuis longtemps, je me raccrochais à ce fantasme sans avoir jamais vraiment questionné mes sentiments.

Beamer a recommencé à tracer des dessins avec le bâton.

— Mais toi… Tu m'as forcée à tout remettre en question, ai-je poursuivi.

— Et alors ?

Il me regardait enfin dans les yeux.

J'ai esquissé un sourire.

— J'ai trouvé des réponses.

J'ai marqué une pause, au bord de la suffocation à cause de ce que je m'apprêtais à dire.

— Tu me plais vraiment beaucoup.

Laissant tomber le bâton, il a posé sa main sur mon visage et m'a souri en approchant ses lèvres des miennes. Ce n'est qu'au bout d'un long baiser qu'il s'est écarté.

— Maisie Martin, toi aussi tu me plais beaucoup.

J'ai ri et l'ai embrassé de nouveau. Puis encore, et encore. Oubliant que j'avais promis à ma mère d'arriver à l'heure au barbecue. Peut-être que je m'en fichais, tout simplement. J'étais déjà punie jusqu'à mes trente ans…

— Merci pour ton poème.

Beamer a fait la moue, l'air gêné.

— Ah oui, le poème que tu croyais venir de Seb…

— Je n'arrive pas à croire à quel point j'ai pu me tromper !

— Pour quelqu'un qui pensait avoir tout cerné chez moi…

Il caressait mon bras de haut en bas, ce qui me donnait la chair de poule.

— Tu sais, j'ai réfléchi, moi aussi, a continué Beamer. C'est grâce aux poèmes que tu es tombée amoureuse de Seb, n'est-ce pas ? Comme c'étaient les miens, ça veut dire que tu étais un peu amoureuse de moi sans le savoir…

J'ai retenu mon souffle en feignant d'être offensée, puis je lui ai chatouillé les côtes. Il s'est allongé en riant avant de m'attirer contre lui.

— C'est nul.

— Ça fait toujours plaisir, a-t-il rétorqué en se hissant sur ses coudes.

J'ai levé les yeux au ciel.

— Je dis ça parce que demain, c'est la fin des vacances ! Vu qu'on ne vit pas dans la même région, on ne se verra qu'une fois par an…

Il m'a de nouveau attirée contre lui.

— C'est pour ça que Snapchat a été inventé.

Je l'ai poussé, ce qui l'a fait rire.

— Il y a aussi Facebook et FaceTime… sans parler des voitures et des avions.

Je lui ai coupé la parole par un baiser.

— Au fait, on n'a pas encore décidé qui a gagné le défi, ai-je dit.

— Mmh. Pourtant, c'est tout vu.

— C'est moi ! avons-nous dit en même temps.

— Mes résultats sont au bungalow…, ai-je ajouté.

— T'en fais pas pour ça. Je n'ai rien noté. Je savais que je gagnerais. The Rock domine Schwarzy sans aucun doute possible.

— Oh ! Je crains que tes conclusions soient on ne peut plus fausses !

Il a ri.

— Quelle serait ta récompense, si tu gagnais ?

— Tu veux dire, quelle *est* ma récompense, puisque j'ai gagné ! Je veux connaître ton prénom. Et toi ?

Il me scrutait de ses yeux marron foncé. (T'ai-je déjà précisé à quel point ils sont beaux, cher journal ? J'aurais dû te le dire des milliers de fois !) Et avec un tendre sourire, il a dit :

— Je te demanderais de danser avec moi.

Alors, aussitôt, je me suis levée, époussetant le sable sur mes fesses. Puis j'ai pris mon téléphone, ouvert Spotify, trouvé la chanson et monté le son. Après avoir posé le téléphone dans le sable, j'ai tendu la main à Beamer.

— C'est parti.

Tandis que la chanson « (I've Had) The Time of My Life » commençait pour la deuxième fois de la journée, Beamer s'est levé, acceptant ma main.

— Maisie Martin, danse avec moi, a-t-il susurré en m'attirant contre lui.

Et je me suis exécutée. Là, sur la plage.

C'était merveilleux.

Enfin, cela devait être horrible à voir, mais c'était merveilleux à vivre.

On a beaucoup ri. On s'est un peu embrassés. Beaucoup amusés. J'irais même jusqu'à dire que c'était le *MEILLEUR MOMENT DE NOTRE VIE.*

(Désolée, cher journal, je n'ai pas pu m'en empêcher.)

Alors que la musique faiblissait, j'ai lancé :

— Tu sais, ça ne veut pas dire que tu as gagné.

— Ça m'étonnerait, a rétorqué Beamer avec un sourire en coin.

Sur ce, il s'est penché pour me glisser son prénom à l'oreille.

Je souriais jusqu'aux oreilles.

— Ne va pas t'imaginer qu'on est amis maintenant…

— Jamais je ne penserais une chose pareille, Maisie Martin.

Il m'a serrée contre lui pour m'embrasser une dernière fois avant que nous ne rejoignions les autres.

Donc, oui, cher journal, la vie n'est pas comme dans les films.

Parfois, elle est beaucoup mieux.

Jeudi 9 février

Maisie,

Ton dévouement à rédiger ce journal est épatant, compte tenu de ta réticence initiale. Cependant, j'aimerais discuter de certains points avec toi. Je te prie de venir me voir après le cours.

Mme Singh, alias la garce

Remerciements

En m'asseyant à mon bureau pour rédiger ces remerciements, j'ai la sensation d'avoir gagné un Oscar. Pourtant, je suis bien loin d'Hollywood et de la robe de créateur, me trouvant au fin fond de la Tasmanie en survêtement.

Il y a beaucoup de personnes que j'aimerais remercier. En tout premier lieu, j'adresse un immense merci à mon agent, Danielle Binks, qui a été notre plus grand soutien, à moi et à ce livre, depuis notre discussion dans la file d'une séance de dédicace de Melina Marchetta. Merci d'avoir appris mon langage (composé principalement de GIF de Pacey Witter) et d'être toujours prête à lancer des idées, à offrir ton avis et des recommandations de romance. Merci aussi à Jacinta di Mase et Natasha Solomun, qui complètent une équipe d'agents de rêve. Quel honneur d'être épaulée par la tribu féminine de JdM.

Je remercie l'équipe de Pan Macmillan qui s'occupe très bien de moi. Je souhaite exprimer ma reconnaissance à Claire Craig, mon éditrice, qui a su immédiatement me comprendre (ainsi que Maisie) dès notre première rencontre, et avec qui je prends grand plaisir à travailler. Je ne saurais assez remercier mes merveilleux réviseurs, Ali Lavau et Georgia Douglas, qui ont infiniment amélioré ce roman. Merci à Yvonne Sewankambo, experte en publicité, qui a pris très à cœur d'acheminer ce livre entre les mains des lecteurs.

Merci à Astred Hicks d'avoir conçu la parfaite couverture pour l'histoire de Maisie. Je fais partie de ces gens qui jugent un livre à travers sa couverture (et je l'assume totalement) ; j'étais ravie de n'avoir rien à redire (ou que des choses positives) sur celle de mon premier roman.

Merci à mes collègues, du passé comme du présent, qui m'ont énormément soutenue et encouragée pour que j'aille au bout de mes rêves extraprofessionnels. J'ai surtout une dette envers Nicola Harvey, la toute première personne (en dehors de mon mari) à avoir découvert l'histoire de Maisie et m'avoir apporté tous les conseils, le soutien et les éloges dont ma fragile âme d'écrivain avait besoin.

Je remercie Tony Broderick, Claire Low, Angela Hartman, Natalia Wikana et Sarah Ayoub qui ont lu ce livre à ses débuts, m'offrant de précieux et généreux conseils sur l'authenticité de mes personnages. Toute fausse note m'incombe – grâce à eux, j'ai pu piquer de brillantes idées et rendre ce livre beaucoup plus solide.

Merci à Diem Nguyen d'avoir lu les différentes versions et de m'avoir fourni des conseils aussi pertinents

– mais aussi d'avoir élucidé des questions telles que « Ce prénom est-il suffisamment sexy ? » avec tout le sérieux requis. Merci à Amanda Salles pour sa présence à mes côtés tout au long de cette aventure – et les sessions coup de gueule, encouragement, papotage et, les plus importantes de toutes, les sessions brunch. Je remercie aussi Rebecca Finn, très bonne oreille critique, toujours avec les bons GIF sous la main, et Kathleen Cusack pour notre amitié de longue date qui résiste, quelle que soit la distance entre nous.

Ce livre n'aurait pas été possible sans les nombreux enseignants dont j'ai croisé le chemin. Récemment, c'est auprès des meilleures que j'ai appris, à l'Australian Writers' Centre : Sue Whiting et Melina Marchetta. Merci à tous pour votre sagesse et vos conseils.

C'est un très grand honneur d'avoir été accueillie à bras ouverts par la communauté #LoveOzYA, réunissant, selon moi, les personnes les plus talentueuses du monde. J'éprouve énormément de gratitude à l'égard de toutes les amitiés scellées sur les réseaux sociaux et du soutien reçu par ce biais – à travers les groupes d'écrivains, le #PaceysCreek et en tweetant n'importe quoi. Merci à tous ceux qui, en ligne, m'ont aidée, de près ou de loin.

On arrive au moment où il faut écourter le discours, mais C'EST LA PARTIE LA PLUS IMPORTANTE et je suis déjà à deux doigts de pleurer.

Ma famille. Les Zampas, les Rowlands et toutes les pièces rapportées : merci pour votre amour et votre soutien.

Adam Zampa, merci d'être le meilleur des petits frères.

Darren Zampa, merci d'être mon père et d'être aussi fier de moi.

Alison Zampa, merci pour tout. Merci d'avoir été l'une des premières à me lire et à me soutenir, merci d'avoir toujours cru en moi et d'être restée ma première fan. Merci d'avoir compris, bien avant que je l'envisage sérieusement, que j'étais capable d'écrire un livre. Merci de m'avoir encouragée à viser les étoiles. Et, bien sûr, je te remercie d'adorer Patrick Swayze.

Chris Guillaume, mon amour de lycée, mon mari, mon meilleur ami, merci de me réveiller à six heures du matin pour écrire, de me préparer des smoothies le matin et le soir ainsi que des goûters dès que j'en fais la demande, de tâcher de faire le moins de bruit possible quand je travaille et de me calmer quand je craque. Merci d'avoir été le premier à lire l'histoire de Maisie, d'avoir pris cela au sérieux et de m'avoir toujours soutenue en exprimant ta fierté. Et merci de me rappeler d'arrêter d'abuser de certains mots.

Ollie, merci pour ta présence inconditionnelle, sous le signe des câlins et des poils, pendant que j'écris. Naturellement, tu es un chien et ne liras jamais ces lignes, mais tu ne comprends pas non plus ce que je te raconte, ce qui ne m'empêche pas de continuer à te parler.

Shirley Rowlands, si seulement tu pouvais me voir maintenant. Je sais que tu serais aux anges. Je ne serais pas la personne ou l'écrivain que je suis sans toi. Merci pour Schwarzy, les tasses de thé, les biscuits,

The Bill, Beatrix Potter, les marathons de films, les jardins secrets et bien plus encore.

Enfin, j'aimerais remercier tous ceux qui liront ce livre. J'espère que vous l'aimerez (pas de pression !), et surtout, qu'il vous aidera à vous aimer un peu plus. Comme Maisie, vous le méritez vraiment.

Ouvrage composé par
FACOMPO – 14100 Lisieux

Imprimé en France
par Normandie Roto Impression s.a.s.
61250 Lonrai
N° d'impression : 2106390
S31034/01

MIXTE
Papier issu de sources responsables
FSC® C003309

L'éditeur de cet ouvrage s'engage dans une démarche de certification FSC® qui contribue à la préservation des forêts pour les générations futures.

Pour en savoir plus :
www.editis.com/engagement-rse/

PKJ• www.pocketjeunesse.fr
POCKET JEUNESSE

92, avenue de France – 75013 Paris